이후의 삶

이후의 삶

초판 1쇄 인쇄 2018년 5월 20일
초판 1쇄 발행 2018년 5월 30일

지 은 이 박진성
펴 낸 곳 B612북스
펴 낸 이 권기남

주 소 경기 양주시 백석읍 양주산성로 838-71, 107-602
전화번호 031)879-7831
팩 스 031)879-7832
이 메 일 b612books@naver.com
블 로 그 blog.naver.com/b612books
출판등록 2012년 3월 30일(제2012-000069호)
ISBN 978-89-98427-17-7 03810

이 도서의 국립중앙도서관 출판예정도서목록(CIP)은
서지정보유통지원시스템 홈페이지(http://seoji.nl.go.kr)와
국가자료공동목록시스템(http://www.nl.go.kr/kolisnet)에서
이용하실 수 있습니다.(CIP제어번호: CIP2018014482)

• 책값은 뒤표지에 표시되어 있습니다.

이후의 삶

●

박진성
산문집

B612 북스

'그 일' 이후 책장 가장 잘 보이는 곳으로 네 글자를 새겨 두었습니다. 작은 칼로, 책장 나무에, 소창다명小窓多明이라고, 그렇게만 새겨 두었습니다. 작은 창문에 많은 빛이 깃든다는 뜻입니다.

창문을 작게 열어 놓으면 빛이 더 많이 들어옵니다. 그건 역설이 아니라 어떤 은유입니다. 작은 창문으로 우글거리는 빛들을 바라보고 있으면 황홀합니다. 이 책은 저의 작은 창문이고 많은 불빛들은 이 책을 읽어주시는 분들의 눈빛입니다.

당신의 작은 창문과 나의 작은 창문이 빛으로 이어지는 상상을 합니다. 이후의 삶이 문득 신비로워지는 순간입니다.

2018년 4월, 박진성

저자서문

이후의 삶

마음의 주인

창문 바깥으론 비가 내리고 있었다. 3월 초순, 봄기운이 스멀스멀 사방에서 몰려오고 있었다. 바흐의 무반주 첼로 조곡이 카페 전체를 휘감고 있었다. 내리는 비를 계속 바라보고 있었다. 마음이 깊이 가라앉으며 어떤 평화가 찾아왔다. 평화라고 말할 수밖에 없는 어떤 마음의 상태. 이런 기분을 마지막으로 느낀 게 언제였지, 속으로 생각하다가 갑자기 눈물이 났다. 그러니까 내가 나라는 놈을 쫓고, 내가 나라는 놈에게 쫓기면서 살고 있었던 것이다. 그러지 않아도 되는 순간에도 그러고 산 것이다. 한번 쏟아지기 시작한 눈물은 걷잡을 수 없었다. 이런 기분을 마지막으로 느낀 게 언제였지, 언제였지. 내 마음의 주인이 내가 아닌 상태. 내가 나를 가만히 놓아둔 상태.

그렇다면 누군가에게 묻고 싶었다. 당신이 마지막으로 당신 마음의 주인이 아니었던 때는 언제인가요. 마지막으로 평화를 느껴 본 게 언제인가요. 마지막으로 당신을 가만히 놓아줘 본 게 언제인가요.

10월 20일

오늘은 종일 제정신이 아니었다. 날짜를 쳐다보는 것만으로도 몸에 어떤 반응이 생기는 일은 생일이나 기일 같은 날에만 가능할 텐데 종일 설명할 수 없는 통증에 시달리고 있는 걸 보면 나의 또 다른 생일이거나 미래의 어느 날 나의 기일 같은 이상한 날짜를 지나는 기분이다.

2016년 10월 20일. 트위터에서 폭로가 시작된 날이다. 자세한 내용들은 기억이 안 나지만, 나는 공기의 질감이라든가 어둠의 농도 같은 것으로 트위터에 올라오는 폭로들을 기억한다. 어떤 현실은 때로 너무 비현실적이어서 액정 너머로 내 이름이 또박또박 적혀 있는 악랄한 폭로 내용들을 나는 가만히 지켜보고만 있었다. 허위와 조작, 그리고 날조된 폭로들을 나는 가만히 지켜보고만 있었다. 사실 할 수 있는 일이 없었다.

마녀를 가운데 두고 둥그렇게 에워싼 사람들이 돌을 던지고 침을 뱉고 욕설을 퍼붓는 동안 그 마녀가 할 수 있는 일은 과연 무엇일까. 대부분의 마녀사냥은 "나는 마녀가 아닙니다"라고 말할 수 있는 입까지 틀어막고 이뤄진다는 사실을 우리는 잘 알고 있다. 돌을 던지면 맞아주고 침을 뱉으면 그게 얼굴이든 어디든 침을 뱉는 대로 내버려 두고 들려오는 욕설들을 그냥 듣는 수밖에 없었다. 내가 결혼은 했는지, 어떤 학교를 나왔는지, 어디에 사는지, 아버지와 어머니는 어떤 사람인지 인터넷에서 빼낼 수 있는 정보는 최대한 빼내서 서로 공유하는 상황이었다.

가끔 내게 묻는 사람들이 있다. 가지고 있는 자료들로 그때 왜 반박하지 않았느냐고. 그 '자료'들은 '사냥'이 끝난 후에야 자료가 되는 것이지, 당시에는 그 자료조차 마녀의 악랄함을 증명해주는 어떤 표식이었을 것이다. 그때는 정말 그랬다.

도저히 혼자 있는 일이 불가능해서 강혁의 갤러리로 찾아갔던 기억. 딱히 할 일은 없었다. 혁은, 스마트폰을 손에서 놓지 못하고 실시간으로 올라오는 내용들을 혼자서만 쳐다보고 있었다. 혼자 있지 못하게 혁이 내내 곁에 있어 주었다.

"혼자 있지 마라." 혁은 그렇게 짧게만 말하고 내 스마트폰의 전원을 끄고 자신의 외투 주머니에 넣었다.

밤 10시, 어둠.
밤 11시, 더 깊은 어둠.
자정, 갑천 천변의 긴 긴 길.
새벽 1시, 왔던 자리로 다시 돌아가기.
새벽 2시, 강혁의 차 안에서 보던 하늘, 짙은 어둠.
새벽 3시, 박진성 죽어라, 박진성 자살해라, 아수라장 트위터.
새벽 4시, 실신.

다음 날은 더 지독했다. 2016년 10월 21일. 오후 1시. 모 기자가 거짓 폭로들을 모아 기사로 내보냈다. 나에게는 어떠한 확인도 없이 나간 기사였다. 휴대폰 액정 너머로 나의 얼굴과 이름이 그대로 노출된 채 기사는 빠르게 공유되고 있었다. 해당 기자에게 전화를 걸어 항의를 했지만 속수무책이었다. 모든 요구가 묵살됐다. 최초 폭로 이후 48시간이 채 안 된 시간 만에 나는 어느새 중대 성범죄자가 되어 있었다. 상습 성추행… 자의적이지 않은 성관계…강제적 성관계…, 그런 무서운 말들이 내 이름과 함께 액정에서 뒹굴고 있었다. 장기臟器 몇 개를 도려내는 통증 같은 것이 몰려왔다.

기사 몇 개가 쏟아지고 이번엔 방송이었다. 차마 못 보고 사랑이를 꼭 껴안고 있었다. 이 늙은 반려견은 나에게 일어나는 일들을 알고 있을까. 눈 먼 개의 눈동자를 바라보고만 있었다. 극단의 상황에서 인간은 초현실을 경험한다. 개의 눈동자가 말을 하고 있었다. 죽어라……, 기사가 아니라 방송이 아니라 나는 나로부터 가장 낯선 인간이 되어 가고 있었다. 실신, 다시 햇빛, 실신, 다시 어둠, 그리고 다시 실신. 더 깊은 어둠.

그 허위 폭로들과 그 거짓 기사들과 조롱, 그리고 인간이 인간에게 할 수 있는 가장 끔찍한 말들의 원본을 2017년 가을부터 하나의 폴더에 모으기 시작했다. 그리고 그 폴더 중 하나의 문서에 이렇게만 기록해 두었다. "아무리 생각해 봐도 가장 치욕스러운 건 활자로 책으로 남겨서 후대로 만방으로 기록해 두는 것. 그러니까 네가 사라지고 없어져도 너의 더러운 말들은 영원히 살도록 그렇게 영원을 살아서 누군가가 너를 기억할 때 너의 더러운 말들이 너의 얼굴이 되도록 해주는 것. 그게 진짜 치욕인 것." 그 폴더의 파일들을 가끔 열어 보다가 또 발작한다. 그리고 실신한다. 발작하고 실신해도 계속 기록하고 쓰는 것이 내가 할 수 있는 일의 전부다.

그렇게 실신 상태로 1년을 살았다. 작은 희망을 품는 일조차 조심스러웠고 사치스러웠던 2016년 가을과 겨울의 차가운 날짜들. 한자리에서, 물이 얼어 얼음이 되고 얼음이 다시 녹아 물로 되돌아가는 일이 그렇게 신비로운 일인 줄 모르고 살았다. 꽃이 피었던 자리에 잎이 돋고 그 잎이 물들었다가 지상으로 낙하하고, 그 자리가 겨울의 차가운 공중을 내내 떠받치고 있다가 그 자리로 다시 꽃들이 돌아오는 일이 그렇게 신기한 일인 줄 모르고 살았다. 내 곁에 있는 어떤 사람의 자리는 당연한 게 아니라 내가 어쩌면 일생을 걸고 지켜줘야 할 자리라는 걸, 그 자리를 지키고 보살피는 일이 그렇게 신비로운 일인

줄 모르고 살았다.

　그렇게 1년을 살았다. 살아 있으니까 다행이라고, 오늘은 그
렇게만 주위의 풍경들을 쓰다듬고 싶다.

이후의 삶

정리되지 않는 생각들 때문에 저녁부터 내내 걸었다. 아무것도 생각하고 싶지 않아서 내내 걸었다. 흐린 하늘 사이사이, 가는 비. 더위도 절정은 지난 것 같다.

무언가가 절정에 있을 때 사람은 그 절정만 생각하면 된다. 말할 수 없이 더울 때 사람은, 덥다는 생각만 열심히 하면 된다. 그렇게 더위를 지난다. 그 더위가 조금 누그러질 때 다른 것들은 찾아온다. 여름밤, 많은 생각들이 오가는 골목골목을 계속 걸었다.

오전에는 소송에 필요한 자료들을 정리하고 진술서나 변호사에게 보내는 글을 쓰고, 오후에는 같이 시를 공부하는 분들의 시에 대한 코멘트를 쓰고, 저녁이나 밤에는 시를 쓰거나 산문을 쓰거나 그저 아무거나 쓰는 삶. 올 한 해는 대체로 이렇게 지나고 있다. 이를테면 몇 개의 몸이 내 안에서 한꺼번에 다투며 지내는 느낌. 내 몸 자체가 전쟁터고 내 몸 자체가 법정이고 내 몸 자체가 백색 모니터인 느낌. 처음엔 이물스러웠는데 이제 제법 견딜 만하다.

사람이 견딜 수 있는 고통의 한계는 어딜까, 그런 것이 궁금하다가도 사람이 견딜 수 있는 고통의 한계 따위는 없구나, 하는 생각과 사람 자체가 끔찍하다가도 사니까 살아지더라,라는 친구의 말이 생각나다가도, 문득문득 '그 일'이 터지던 날이 생각난다. 그러니까 '그 일' 이후로 내 삶의 거의 모든 것이 변했다.

'그 일'과 '그 날'이 서서히 언어화가 되는 걸 보면 이것도 다 지나가겠구나, 생각되다가도 소름이 피부가 된 것처럼 몇 시간씩 공포에 떨곤 한다. 어디 트위터나 페이스북 같은 데서 갑자기 또 내가 하지도 않은 일을 내가 했다고 익명의 아이디들이 폭로를 하고, 그게 또 기사화가 되고, 그게 또 사람들 사이에서 회자가 되고, 나는 무기력하게 아무것도 할 수 없는 상태로 그걸 지켜만 보는 그런 공포. 어떤 기억과 체험은 소름의 상태가 피부 그 자체가 되어 그 소름을 피부로 간직한 채 평생을 살아야 한다. 내게는 '그 일'과 '그 날'이 그렇다. 생각난다, 작년 겨울, 자살하려고 약을 먹었다가 응급실에 실려 간 날, 어떻게 알고 찾아온 친구가 했던 말.

"죽지 마라. 지금 죽으면 성범죄자가 자신이 괴로워서 자살한 것밖엔 안 된다. 죽어도 네가 결백하다는 거, 증명하고 죽어라."

바람이 많이 불던, 몹시 추운 날이었다. 내가 정말로 성폭력을 저질렀다면 아무 말 않고 조용히 사라졌을 것이다. 내게도 그만한 양심은 있다. 내게도 그만한 윤리는 있고, 내게도 그만한 염치는 있다. 2016년 10월 20일부터 일어난 모든 일들을 기록하고 있다. 이 기록들을 정리해서 언젠가 세상에 내 보일 것이다. 익명이라는 것이 얼마나 잔인한 가면인지, 사적 원한이 어떻게 '공론화'로 치장하고 한 사람을 죽이는지, 매스컴이 얼마나 교묘하고 잔혹하게 한 사람의 인격을 살해하는지 똑똑히 기록해 둘 것이다. 한 집단이 한 개인을 어떻게 쫓아내는지, 쫓아내고선 너는 왜 쫓겨났느냐고 어떤 방식으로 다시 한번 쫓아내는지, 그렇게 사회적으로 '죽임'을 당한 사람의 이후의 삶은 어떻게 가능한지. 모으고 기록하고 쓰고 있다.

그 맨 앞자리에는 물론 나 자신에 대한 반성이 있다. 자책이 있고 괴로움이 있고 후회가 있다. '그 일' 이후의 삶은 덤으로 주어진 것이라 생각한다. 그렇게 생각하지 않으면 이 삶은 도대체가 불가능하다. 나는 나의 삶을 사랑한다, 나는 나의 삶을 사랑한다, 나는 나의 삶을 사랑한다. 자기 전에 세 번, 일어나서 세 번 내가 나에게 하는 말이다. '그 일' 이후 정말로 나는 나의 삶을 사랑하게 되었다.

낯선 투숙객

작년 초가을에는 무작정 떠돌았었다. 계획 없이 목적 없이 떠도는 것이 유일한 계획과 목적이었던 시간들. 어느 늦은 밤, 가벼운 소란이 있었다. 충북 내륙지방의 소읍, 낡은 여관 입구에서 방을 하나 달라는 초라한 행색의 나와 방은 있지만 당신에게는 못 주겠다는 중년의 여자가 그렇게 10분 넘게 서로 버티고 있었다. 근방 여관이라고는 그곳밖에 없었다. 난감한 일이었다. 여자 쪽에서 볼 때 나의 행색은 그곳을 자살할 곳으로 택한 사내임에 틀림없어 보였을 것이다. 근처에 관광지가 있는 것도 아니었고, 가는 비가 내리는 일요일의 늦은 밤 사내 혼자서 투숙하기엔 아무래도 그곳은 어딘가 찜찜한 데가 있었다.

방값을 두 배로 주고 겨우 중년 여자에게서 102호 키를 받아 들었다. 카운터와 가장 가까운 방이었다. 거울 속으로 흙빛 얼굴의 사내가 보였다. 그 여자의 공포와 두려움을 근심과 걱정으로 애써 번역하면서 족히 10년은 넘어 보이는 침대에 가만히 누워 있었다. 그 여자는 여전히 자신의 공포와 두려움을 확신하고 있는지, 아니면 방값을 두 배로 받은 게 미안했는지 전화로 마실 물이나 수건 따위가 부족하면 말하라고, 몇 시에 나갈 거냐고 두 번이나 전화로 물었다.

내 입장에서는 가벼운 짜증과 별 걸 다 걱정한다는 원망의 감정이 들 수밖에 없었지만, 그 여자의 처지도 이해 못 할 것은 아니었다. 아마도 두려움과 걱정이 뒤섞인 복잡한 심정이었을 것이다. 페소아의 《불안의 서》 몇 페이지를 읽다 말고 낡은 침대에 누워 자그마한, 낡은 창문을 오래 바라보다 겨우 잠든 밤이었다. 실제로 그 작고 낡은 여관에서 누군가가 자신의 삶을 스스로 마감했을 수도 있겠다는 생각이 들었다. 실제로 그런 일이 있었다면 죽은 지 몇 시간 안 된 사람의 사체를 발견한 것은 아마도 그 여자였겠고, 그 여자에게는 그게 또 어떤 트라우마로 남아 있을 수 있겠구나, 그런 생각들이 뒤따랐다.

죽은 직후에도, 죽은 자신의 모습으로 누군가에게 상처를 주고 마음의 생채기를 남기는, 내가 모르는 어떤 삶에 대해 종종 생각해 본다. 발가락을 꼼지락거리면서, 손바닥을 손가락으로 꾹꾹 누르면서 오지 않는 잠을 애써 잡아당기며 누워 있던 밤. 좁은 창문으로 간간히 들이치는 옅은 불빛이 유령이 보내는 신호는 아닐까, 하는 공상도 문득문득 스쳐 지났던 것 같다.

인간이 인간에게 주는 상처와 고통은 정말 끝이 없구나, 새삼스럽게 여러 가지 생각들이 마구 뒤엉켜 좁고 낡은 방을 더 좁고 더 낡게 만들고 있었다. 내가 힘들고 내가 고통스러울 때, 그리고 내가 견디기 힘든 마음일 때 종종 그 여자의 눈빛을 생각한다. 나의 불안과 나의 고통과 나의 견디기 힘든 마음이 누군가에게로 가서 상처가 되는 일은 없어야겠다고 조용히 나 자신을 다독이곤 한다.

그런데 그 낡은 여관과 그 여자는 그 자리에 아직 그대로 있을까. 가을에, 조용히 찾아가 봐야겠다.

어떤 위로

보내주신 짧은 편지, 잘 받았습니다. 소독약 냄새와 새벽의 기운이 섞인 병실 창문 바깥으로 공기가 맑습니다.

보내주신 문장. "우리는 사람을 죽일 때는 허리의 검을 쓰지만, 당신들이야 칼 대신 권력으로 죽이고 돈으로 죽이고 아니면 그럴싸한 거짓말로 죽이기도 하지요. 그야 물론 피를 흘리지도 않고 사람은 멀쩡히 살아 있으니 죄가 아닐 수도 있겠죠……."

이런 문장을 어떻게 보내주신 건지. 사람이 피를 흘리지도 않고 사람이 멀쩡히 살아 있는데 사람이 사람으로 못 살고 있다면 우리는 유령일까요. 어쩌면 우리는 유령이 되지 않으려고 이렇게 문장을 주고받는지도 모릅니다. 유령에게 문장은 없으니까요. 병원에 있는 사람들은 대체로 친절합니다. 환자들은 통증 때문에 자신에게 그리고 타인에게 친절하고 당직 의사, 당직 간호사는 친절에 친절을 다해 새벽을 지키고 있습니다. 새벽의 병원은 그런 곳입니다.

죽음과 죄.
새벽과 10월.
그리고 나무 옆의 또 다른 나무.

이곳에서 나가고 싶은 마음과 이곳에 눌러앉고 싶은 마음이 다투고 있습니다. 칼 대신 뇌의 혈관을 찌르는 독한 말들. 칼 대신 관자놀이를 짓누르고 있는 소송 관련 서류 뭉치들. 칼 대신 심장 근처를 긋고 가는 어떤 기억들.

병원 정문 근처에 작은 나무 의자가 있습니다. 나무 벤치 몇 개가 어울려 있으니 작은 공원 같기도 합니다. 그곳에서 씁니다. 죽이려고 달려들면 죽이려고 달려들었던 그 마음을 언젠가는 부끄러워할 수 있게 살아 있겠다고. 다 죽었다고 생각하고 안심하고 있으면 다 죽었다고 생각한 그 안심을 놀래기 위해 살아 있겠다고 씁니다. 치명적으로 돌이킬 수 없게 다시는 일어설 수 없게 찔렸다고 생각하고 그 칼을 보관하고 있으면 치명적으로 돌이킬 수 없게 찔렸어도 다시 일어서서 우리 그 칼을 같이 돌아보자고 살아 있겠습니다. 그렇게만 살아 있겠다고 씁니다.

또 기별 드리겠습니다. 고맙습니다.

개와 이야기를 하는 시간

집에 혼자 있는 시간이 많아졌다. 자연스럽게 반려견 사랑이와 노는 시간도 부쩍 늘었다.

사랑이. 말티즈. 올해 열네 살.

이 늙은 개는 시력을 완전히 잃은 지 6년이 넘었고 요즘엔 청력도 많이 떨어져서 식구들의 기척을 잘 느끼지 못한다. 이 늙은 개는 거의 대부분의 시간을 자그마한 방석 위에서 웅크리며 지난다. 후각과 촉각은 아직 남아 있어서 내가 먹던 음식을 나눠주거나 쓰다듬어 줄 때만 반응한다. 시각과 청각이 사라진 세계가 측은하게 느껴지다가도 시각과 청각이 거세된 세계는 어떨까, 가끔 호기심이 들기도 한다. 못된 호기심이다.

이 늙은 개와 대화를 시작한 것은 최근의 일이다. 말이 대화지, 늙은 개 옆에 앉거나 누워서 나 혼자 개에게 말을 하는 게 전부다. "사랑아, 춥지?", "사랑아, 배 안 고파?" 등등부터 시작한 이 '이상한 대화'는 어느 순간부터 고해성사 비슷한 성질로 바뀌었다. 시력이 없는 눈으로 나를 보고 있는 늙은 개에게 나는 내가 궁금한 것들을 하나씩 물어보는 것이다. 청력을 거의 잃은 개에게, 내가 잘못 지나온 시간들을 하나씩 말해 보는 것이다.

사람과 개가 대화를 할 수 없다는 것은 분명한 사실이다. 하지만 '같이' 지나온 시간은 어떤 물질과 같은 것이어서 과학으로도, 생물학으로도, 어떤 이론으로도 설명할 수 없는 기이한 경험을 가능하게 해준다. 가령 나의 감정이 조금 격앙되어서 거의 눈물에 가까운 언어를 늙은 개에게 건네면, 어느새 개의 눈에도 같은 성질의 액체가 맴돌고 있는 것이다. 이 늙은 개에게는 이상한 피드백을 주는 능력이 있는데, 나의 말과 말 사이로 '이상한 언어'를 넣을 줄 안다는 것이다. 속울음 같은, 고통을 참는 것 같은, 무언가 말하고 싶은데 말할 수 없는 것 같은 이 기이한 언어는 나에게 이상한 안도감과 괴기스러움을 동시에 느끼게 한다.

그런데 이 개에게도 나를 지칭하는 이름이 있을까?
그런데 이 개는 나에게 일어났던 일들을 알까?
웅크리고 있는 개 옆에서 이런 생각들을 하고 있으면 홀연, 아침의 빛이, 깡패처럼 찾아오는 것이다.

마스크

그날도 이렇게 햇빛이 좋은 가을날이었다. 창문 바깥으로 수십 명의 사람들이 웅성대는 소리가 들렸고, 몰래 열어 본 창틈으로 마스크를 쓴 사람들이 피켓을 들고 있는 게 보였다. 아버지와 어머니가 17년을 넘게 산 집. 대전의 작은 동네 전체에 소문이 난 모양이었다. 저 집에 범죄자가 산대. 흉악한 범죄자가.

그런데 왜들 그렇게 마스크를 하고 계셨을까. 엄마한테 끌려 나온 게 분명한 작은 여자아이도 마스크를 쓰고 있었다. 부끄러워 못 살겠다, 무서워서 못 살겠다, 이사 가라, 이사 가라, 그렇게 우리 집은 흉악범이 숨어 있는 부끄럽고 무서운 집이 되어 있었다. 나도 마스크를 쓰고 모자를 쓰고 새벽에만 잠깐씩 담배를 사러 가거나 알 수 없는 곳으로 걸어갔다가 다시 그 집으로 돌아오곤 했다. 자주 꿈에서 그 마스크들을 벗기는 나 자신을 내가 엿보고 있었다.

계절을 돌아서 다시 가을. 나는 이유 없이 이 가을이 무섭고 자다가 일어나 벌컥벌컥 물을 마시곤 한다.

이것은 인권의 문제다

2016년 가을, 그때는 다들 미쳤었던 것 같다. 나는 연예인도 아니고 공직자도 아니다. 그런 사람들의 사건에서도 변호사를 선임했다는 게 기사화된 일은 본 적이 없다. 나는 일개 시인일 뿐이다. 내가 변호사를 선임했다는 게 과연 기사로 쓸 만한 일인가.

그때는 나도 미쳤었다. 미쳐서 사과문을 썼고 미쳐서 도망가려고 했다. 다들 미쳐서 죽여라, 죽여라, 저 새끼를 죽여라. 그런 맥락의 기사들이 쏟아졌었다. "네가 감히 변호사를 선임해? 변호사를 선임하다니, 뻔뻔한 새끼." 뭐 이런 맥락이었겠지. 그때는 나도 변호사를 선임하는 게 죄악으로 느껴졌었다. 그것조차도 죄악으로 느껴질 만큼 언론에서, 트위터에서 죽이고 또 죽였었다.

이러면 안 되는 거였다. 사람이 사람에게 이러면 안 되는 거였다. 이건 인권의 문제다. 변호사 선임해서 죄송합니다. 썼다가 지우고 썼다가 지웠던 날들. 변호사를 선임했다는 자체가 죄악이었던 날들. 광기의 시절을 겨우겨우 지나왔다. 지나고 있다.

이건 인권의 문제다.

아름다움과 공포

12월 초의 대천 바다를 잊지 못한다. 달랑 노트북이 든 가방 하나를 들고 무작정 밤에 떠난 바다. 평일이고 비수기여서 인적이 거의 없는 횟집들과 무표정의 상인들이 어둡게 대천을 지키고 있었다. 작은 방을 하나 잡고 아무렇게나 앉아 있던 밤. 하얀 벽지의, 무음無音의, 마치 시간과 공간이 소거된 것 같은 곳에서 떠오르는 생각들이 떠오르게 두고 있었다. 지나가는 생각들이 잘 지나가게 내 버려두고 있었다.

캔맥주를 하나 사서 바닷가로 나간 것은 새벽 2시 근방이었다. 사람의 기척이 완전히 소거된 바다는 어떤 아름다움과 어떤 공포감을 동시에 안겨줬다. 경험하지 못한 아름다움과 경험하지 못한 공포가 백사장을 걷는 내내 뒤따라왔다. 무너지는 것도 저렇게 아름다울 수 있구나, 파도가 몰려오고, 영원에 영원을 더하고 곱한 그 시간까지 저 파도는 저렇게 계속되겠구나, 파도가 또 밀려왔다.

어떤 괴로움은 저렇게 무방비로 계속되어야 한다는 것. 어떤 죄악감과 어떤 죄책감은 저렇게 날 것 그대로 무너지고 다시 세워야 한다는 것. 아름다움이 공포를 밀고 공포가 다시 아름다움을 밀며 백사장을 길게 늘어뜨리고 있었다. 1시간가량 걸었을까. 운동화가 다 젖었다는 사실을 뒤늦게 알았다. 그제야 추위가 몰려왔다.

육체의 감각을 마비시키는 아름다움이 있다. 육체의 감각을 잊게 하는 공포감이 있다. 그런 시간들이 지나가고 있었다. 어느 곳이 마비된, 측정할 수 없는, 경험하지 못한, 어쩌면 영원히 계속될.

슬픔은 없었다. 낮게 날아가는, 어두운 파도 소리를 입은 새들은 있었다. 내가 견뎌야 할 시간들이, 계속, 계속 밀려오고

있었다. 어두운 미래가 다른 어두운 미래를 밀면서 계속 나의
발등을 덮고 있었다.

겨울의 내면

강혁의 갤러리에 다녀왔다. 갤러리의 하얀 벽면 안쪽으로 강혁의 작업실이 있다. 전시 일정은 없었다. 녀석과 근황을 나누고 커피를 마셨다. 쓸데없는 이야기 사이사이 2월의 창문 바깥으로 앙상한 가지들. 방향이 없고, 목적이 없고, 침묵이 더 많은 대화들. 강혁과는 늘 그런 식으로 만난다. 녀석이 그리던 그림을 마무리하는 사이 가방에서 꺼낸 장 미셸 몰푸아. 이런 문장이 눈에 들어왔다.

영혼.

어떻게 달리 말할 길이 없다.

짧게 그렇게 한마디만 할 것. 아주 재빨리 입을 열고 다시 다물어야
한다. (……)　　　　　　　　　— 장 미셸 몰푸아 《어떤 푸른 이야기》 중.

　나는 녀석에게 무슨 일인가를 진지하게 상의할 요량으로 찾
아간 것이었다. 어떻게 이야기를 시작해야 할지 몰라 머뭇거리
는 사이 저녁이 되어 어두워졌고 우리는 맥주를 마셨다. 중요
한 얘기였지만 사실 그렇게 중요한 얘기도 아니었다. 내가 지
나고 있는 고민을 말해버리면 아무것도 아닌 것이 되어버릴까
봐, 사실은 그게 더 겁이 났는지 모른다. 어쩌면 '말하지 않은
나의 고민'이 녀석의 저녁을 조금 홀가분하게 해줬는지도 모른
다. 2월의, 평일 밤의 내면으로 추운 공기들이 더 추운 공기들
과 섞이고 있었다.

　겨울. "짧게 그렇게 한 마디만 할 것." 어떤 슬픔이나 고통은
나누려는 그 의도에 의해 곧잘 재앙으로 변하곤 한다. 혼자 누
리고 혼자 통과해야만 하는 슬픔이 있다. 집으로 돌아오는 내
내 그 슬픔이 뒤따라오고 있었다. 누군가도 나를 그렇게 다녀
간 적이 있을 것이다. 어떤 영혼이 우리를 다녀갔는지 우리는
모른다.

무채색 꿈

꿈을 꿨다. 꽤 오래 지속되는 꿈이었다. 꿈의 내용은 전혀 기억나지 않는데 공포스럽고, 불길하고, 어떤 흉가의 죽은 식물들의 죽은 잎들 같은, 그런 창백한 기미만 남은 이상한 꿈. 언젠가부터 이런 꿈들을 자주 통과한다. 겪는다. 그렇게 밤이 지난다. 그 꿈이 남은 하루를 지배하고 그 꿈의 분위기가 일상이 된 날들이다. 그런 날들이다.

내 꿈에는 실존의 인물들이 자주 다녀가는 편이다. 외가의 식구들과 친가의 식구들이 어느 어두운 장례식장에서 싸우는, 서로 쌍욕을 하는, 칼부림을 하는 꿈이다. 모르는 사이의, 대학 동창 하나가 초등학교 동창 하나를 만나 몇 계절을 건너 구애하는 꿈이다. 늙은 개가 식물원에서 죽는 꿈이다. 대체로 배경은 잿빛이다.

아름다운 재의 날들.

부끄러움이라는 것을 아직 알지 못했던 어떤 아기가 처음 이게 부끄러움이구나, 알고 앙앙 울고 있는,

아름다운 잿빛의 날들.

누군가의 유언을 며칠에 걸쳐 듣고 있는 것 같은,

나의 장례식에 내가 상주가 되어서 조문객들을 마주하고 있는 것 같은,

납작 엎드린, 아름다운 재의 날들.

어떤 꿈들은 그러니까 내면의 고향이라는 생각. 나는 꿈에서 꽃을 본 적이 없다. 초록을 본 적이 없다. 그리고 바다를 본 적이 없다. 어두운 황무지를 걸어가는 어두워지기 직전의 어떤 신발.

무채색이 이미 꿈의 내용이고 형식이니까 나는 깨어서도 자주 꿈속을 다녀오는지 모른다.

아름다운 재의 날들.

짙은 갈색 책상 위로 먼지들이 뒹굴고 있다.

견딘다는 것

　새벽. 네 시간 정도 걸었다. 방향 없이, 목적 없이 계속 걸었다. 극소량의 생각만 남은 신체의 홀가분함을 오랜만에 느꼈다. 두 시간을 걸어갔다가 두 시간을 돌아서 오는 길, 나무들 안에 꽃이 흐르고 있겠구나, 생각했다. 3월은 그런 계절이다. 계절 몇 개가 섞여 있구나, 생각했다. 3월은 그런 계절이다. 봄꽃을 준비하는 나무와 죽은 나무 사이사이로 엷은 불빛들, 3월은 그런 계절이다.

　무언가를 간신히 견디고 있는데 무엇을 견디고 있는지 모를 때가 있다. 아무튼 견딘다. 3월은 그런 계절이다.
　그리고 24시간 운영하는 카페에 와서 무언가를 썼다. 동이

트는 새벽과 짙은 색깔의 테이블과 까끌까끌한 공기들. 내가 나 자신을 견딜 수 있는 유일한 시간은 어쩌면 무언가를 쓸 때인 것 같다. 무언가를 쓰면서 나는 나 자신으로 가장 깊숙이 들어갈 수 있고 무언가를 쓰면서 나는 나 자신으로부터 가장 멀리 달아날 수 있다. 가장 깊숙한 곳이 가장 먼 곳이다. 나의 내면은 나에게 가장 가까운 곳이면서 가장 먼 곳이다.

먼 곳까지 왔다. 다시 돌아가는 것이 하나의 선택지고 더 멀리 가는 것이 또 하나의 선택지다. 다시 돌아가지도 못하고 더 멀리 가지도 못하고 우물쭈물 서성거리는 어떤 시간과 공간이 있다. 돌아갈 곳도 없고 더 멀리 갈 곳도 없이 스스로에게 꼼짝없이 잡혀 있는 사람들이 있다.

중얼중얼 사람들이 터미널로 들어가고 있다. 이른 아침이라 도착하는 사람은 없고 떠나는 사람만 있다. 3월은 그런 계절이다. 이목구비를 갖추지 못한 꽃들이 나무를 떠나려고 나무 안에서 액체로 발버둥치고 있겠다. 없는 발로 걷고 있겠다. 죽은 나무에는 꽃이 피지 않으니까 죽은 나무의 내면은 홀가분하게 텅 비우고 있겠다.

꿈속에서 다시 꿈을 꿨다

눈이 내린다. 공중에서 공중으로. 눈이 내린다. 밤눈. 꿈을 꾼 적이 있다. 세계의 모든 배경이 흰 색인 곳으로 내리는 검은 눈. 무채색들. 사이사이. 소리는 없었고, 눈이 계속 흘러갔다. 하얀 상점과 하얀 나무들, 그리고 하얀 통증들 사이로 내리는 검은 눈. 사람들이 그림자로만 걸어갔다. 그것은 흰 꿈일까 검은 꿈일까.

꿈속에서 다시 꿈을 꿨다. 완전히 어두운 곳에서 완전히 어두운 사물들이 움직이고 있었다. 나도 움직이고 있었다. 검은 외투를 입은 사람들이 검은 말을 하면서 검은 병을 앓고 있었다. '흐르는'이라고 쓰면 정말 무언가가 흐르는 것 같다. 나무에 매달린 안경들. 안경에 매달린 작은 과일들. 그 너머로 카페가 있었다. 나는 카페에 앉아서 늙어 가고 있었다.

다 늙은 내가 백지에 '무채색'이라고 쓰고 있었다. 흰 빛과 검은 그림자와 회색 구름들. 돌이킬 수 없는, 잿빛의 고백들. 광장에 검은 개가 앉아 있었다. 이리로 오렴, 그 자리에서 검은 개가 나를 쳐다보고 있었다.

검은 개의 눈망울 같은,
나는 너의 눈을 본 적이 있다.
내 꿈에서 바깥으로 걸어 나와 나를 바라보고 있는,
나는 너의 까만 눈동자에서 심연을 본 적이 있다.

여러 개의 생일

"밤은 참 많기도 하더라"라고 쓴 사람은 작가 이상이다. 시간만큼 기이한 물질이 또 있을까. 어떤 밤은 정말 많다. 몇 겹으로 겹쳐진 밤이 있다. 어떤 밤은 참 많고, 또 어떤 밤은 너무 적다. 과잉이거나 결핍인 시간의 균형점을 찾아가는 행위가 독서인 것 같다. 시간이 홀연 사라지고 책과 나만 남았을 때의 경이는 인간이 부여받은 축복 중 하나인 것 같다. 참 많기도 한 밤들은 책 속으로 녹아서 얌전해진다. 오늘밤은 그렇게 통과하고 있다.

*

살면서 인간은 여러 날짜의 생일을 갖게 되는 것 같다. 자신의 모든 것이 변하는—그래서 이전의 시간으로는 돌아갈 수 없는—어떤 시간들이 있다. 내게는 1996년 2월 7일이 그렇고, 2009년 5월 13일이 그렇고, 2016년 10월 20일이 그렇다. 그러니까 비유가 불가능한, 어떤 애도로도 치유할 수 없는 그런 시간들이다. 복숭아뼈이거나 배꼽이거나 목젖 같은. 나의 신체가 된 어떤 시간들.

*

'그 일'이 있고 몇 개의 계절이 지났다. 가장 하고 싶은 일은 시를 쓰는 일인데, 안 쓰고, 못 쓰고 있다. 안 쓰는 이유는 그것이 내가 나를 처벌하는 일이기 때문이고, 못 쓰는 이유는 '그 일' 이후의 시간들이 언어화되지 못하기 때문이다. 시 한 편 쓰고 안 쓰는 게 뭐 그리 대수냐고 당신은 말하겠지만 시를 쓰지 않는 삶을 한 번도 상상해 본 적이 없다. 언어가 회복되면 일상도 제자리를 찾아갈 것이다. 그렇게 믿는다. 그렇게 믿어야 살 수 있다.

*

인간은, 돌아갈 수 없는 시간들에 너무 많은 것을 두고 와서

가 아니라 그 시간에서 너무 많은 것을 가져오기 때문에 불행한 것 같다.

고해

20대에 쓴 시들을 가끔 읽어 본다. 무엇보다 눈에 먼저 들어오는 건 문장들에 유난히 '나'가 많다는 사실이다. 지나치게 많다. 그 사실을 최근에야 알았다. 이 세계가 나를 중심으로 움직인다는 것. 이 세계에서 내가 사라지면 다른 모든 것들도 같이 사라질 것이라는 근거 없는 믿음. 나에 집중하면서, 내 몸과 마음의 반응 그리고 오로지 나의 생태계에 집중하면서 외부와 타자들을 둘러볼 여력이 없었다고 변명해 본다. 스스로에게 스스로를 변명하면서 살았던 날들이라고 쓴다.

올해 마흔. 어떤 사람은 내게 이제 청춘은 끝났다고 하고 어떤 사람은 이제 청춘이 시작되는 거라고, 이제는 세상이 조금 보일 거라고 말을 건넨다. 최근에 쓴 시들에서는 그래도 '너'가 조금 보인다. 가령 같은 맥락의 문장도 '나는 나무를 본다'에서 '너는 나무를 본다'로 이동하고 있다. 주어가 바뀔 때 그 문장의 방향도 바뀐다. '나는 너를 본다'가 아니라 '너는 나를 본다'로 서서히 이동하고 있는 것이다. 조금씩 기어서기어서 겨우 이동하려고 몸부림 중인 것이다.

너를 볼 수 있는 나의 시선이 먼저가 아니라 그 시선을 가능하게 하는 너 자체의 존재와 발생이 먼저다. 내가 있어야 사물과 타자와 세계가 가능하다는 사실은 비록 틀린 말은 아니지만 오로지 그 생각만 하는 사람에게서는 어떤 희망도, 어떤 다른 가능성도 발견할 수 없다.

네가 있어야 내가 비로소 존재할 수 있다. 네가 가능해야 나도 가능하다. 네가 나를 수락해줘야 비로소, 가까스로, 겨우 나도 존재할 수 있다. 나무든, 꽃이든, 강이든 거기 먼저 있어야 내가 그들에게로 갈 수 있듯이 관계도 존재의 방식도 심지어 정서와 감각도 네가 있어야 비로소 가능하다. 네가 먼저지 내가 먼저가 아닌 것이다.

30대 후반 가까이에 쓴 시들에서 겨우 '너'가 보인다. 보이기 시작한다. 알 수 없는 눈물이 쏟아졌다. 올봄, 어느 새벽의 일이다.

잘못 살았다. 잘못 살고 있다는 것을 이제야 겨우 알았다. 알아가고 있다. 속죄와 참회의 날들. 너의 자리를 나의 무게로 짓눌렀던 날들. 나 살자고 너를 생각하지 않았고 못했던 날들.

한계치에 도달한 수압을 더는 못 견디고 경계가 무너져 내가 떠내려가던 날들이 있었다. 물살이 거셌고 사나웠고 무서웠다. 그런데 그 물살은 네가 그렇게 한 게 아니라 내가 그렇게 한 것.

오늘 어떤 분이 페이스북 포스팅 댓글에 이렇게 써주셨다. "고해 시를 써 보세요." 알겠다고 했고 감사하다 했다. 사실은 이미 쓰고 있다. 어느 순간부터 나의 거의 모든 글들은 고해의 여러 모습들에 집중하고 있다. 나 자신을 용서하지 않는 것. 너의 상처를 보듬어주는 것. 그런 자리를 마련하는 것. 이 작업은 평생 해야 한다. 그럴 것이다. 평생 해나갈 것이다.

많이 걸어야겠다. 나의 그림자를 조금씩 지워나가며 어두운 곳을 골라 디디며 너의 자리들을 마련해야겠다. 그렇게 쓰고 그렇게 살아야겠다. 이 글에도 '나'가 너무 많구나. 또 내 얘기구나. 아직 멀었다. 내가 희미해질 때까지 내가 희박해질 때까지 사라질 수 있다면. 사라질 때까지 걷고 쓰고 그렇게 조용히 살아야겠다.

두 마리의 새

새장 속의 새가 울면 하늘 날던 새들이 모이고, 하늘 나는 새들이 모이면 새장 속 새도 밖으로 나가려 한다.

— 후지와라 신야 《아무것도 바라지 않는 기도》 중.

*

오래전 메모해 둔 후지와라 신야의 문장이다. 일본 국적의 여행 작가로 잘 알려져 있지만 내게, 후지와라 신야는 철학자에 가깝다. 여행의 여정을 기록한 대부분의 산문에서 작가는 이 문장처럼 시 같은, 선문답 같은 문장으로 불쑥 도약하고 자신은 슬그머니 사라져버린다. 그게 아마도 이 작가의 매력인 것 같다.

무슨 뜻일까. 아마도 작가는 '새'의 생태계를 빌려 인간에 대해 말하고 싶었던 것 같다. 새장 속에 갇힌 새들. 그리고 공중을 날아가는 새들. 같은 종種에 속한 이 동물들에 대해 작가는 말하고 있다. 새장 속의 새가 어느 시간 갑자기 울기 시작한다. 공중에서 날던 새들이 그 소리를 듣고 새장 주위로 모인다. 그 소리가 물리적 소리인지 심정적 소리인지는 잘 모르겠다. '울음'을 슬픔으로 치환해도 상관없을 것 같다. 새장 속에 갇힌 새, 그러니까 고통을 겪고 있는 새가 고통스럽다고 울고 있으면 하늘을 날던 새들이 새장 주변으로 모여든다. 인간의 장례식장 풍경을 연상시킨다. 어떤 위로는 위로의 내용이 중요한 것이 아니라 위로라는 행위 자체가 의미가 있다는 듯이, 위로하려고 모이는 것 자체가 위로라고 작가는 말하고 싶은 것 같다.

"하늘 나는 새들이 모이면 새장 속 새도 밖으로 나가려 한다." 이 문장은 더 어렵다. 어떻게 해석해야 할까. 어차피 정답은 없으니까 마음대로 써 보자. 새장 속 새들이 고통으로 울고 있어서 공중을 날던 새들이 새장 주변으로 모였다. 그러자 새장 속 새도 밖으로 나가려고 몸부림친다. 새장 속의 새/새장

밖의 새,라는 극렬한 이분법이 아마도 이 짧은 문장을 메모하게 했던 힘이었던 것 같다.

공중이라는 공간의 척박함과 막막함이 '하늘 나는 새들'의 고통이라면 '새장 속'에 갇힌 새에게는 바로 그 새장이 고통일 것이다. 이 문장을 인간에 빗대면, 다소 암울한 해석이겠지만 인간은 결국 자신의 고통밖에 모른다는 것, 그래서 자신의 고통이 최대치의 고통이라고 생각하고 믿는다는 것, 그래서 결국은 자신의 고통밖에 모르고 타인의 고통은 생각할 수 없다는 것. 이 정도로 이 문장을 치환할 수 있겠다. 이 문장에서 절망을 읽는 사람도 있을 것이고 희망을 읽는 사람도 있을 것이다. 이것은 어쩌면 시선의 문제고 태도의 문제며 결심의 문제인지도 모르겠다.

오늘은 다만 이렇게 적기로 하자. 새장 속의 안온하고 평화로운 새들은 공중을 나는 새들의 막막함을 위해 울고 있다는 것. 공중의 자유를 누리고 있는 새들은 새장 속에 갇힌 새들의 갑갑함과 '어쩔 수 없음'이 안타까워 모인다는 것. 우리가 모르는 어느 테라스의 새장 근처에서, 새장을 사이에 두고, 인간이

설치해 놓은 새장을 사이에 두고, 저희들끼리 저희들의 언어로
서로를 위로하고 있다는 것.

아마도 그럴 것이다. 새가 아니라도, 굳이 생물이 아니라도
우리가 모르는 어느 곳에서 우리가 모르는 사물들끼리 서로
가 서로를 위로해주고 있는 시간들이 분명히 있을 것이다. 그
위로의 힘, 안 보이는 위로의 힘이 가까스로 이렇게나 고통스
럽고 시끄럽고 말이 많은 인간들의 세계를 몰래 떠받치고 있
다고, 그 침묵의 소란이 우리 주위를 둘러싸고 우리를 지켜주
고 있다고. 스스로 자신들을 지키면서 자신들도 모르게 또 다
른 누군가를 지켜주고 있다고. 그렇게 믿을 수밖에 없고 그렇
게 믿고 싶은, 그런 기적의 힘으로 다시 다른 계절은 찾아온다
고. 그런 안 보이는 힘에 기대어 겨우겨우 견디고 있는 날들이
라고. 오늘은 다만 이렇게만 적기로 하자.

모른다

어떠한 것을 '미지의 것'이라고 말할 때, 최소한 그는 자신이 그것에 대해 모른다는 사실은 알고 있는 것이다. 모르는 것을 모른다고 고백하는 것. 그 작고 사소하고 소중한 용기.

"나는 당신을 모릅니다."

그리고, 이후의 삶

아침에 응급실에 다시 실려 갔다. 밤을 꼬박 새우고, 잘못 보도된 언론사들에 항의 메시지를 보내다가 무리가 왔나 보다. 어떤 기사 하나를 읽다가 와르르 무너져버렸다. 이건 해도 너무 했구나, 하는 생각이 드는 잘못된 보도. 순간 의식을 잃었다.

아티반 링거를 맞고, 두 시간 가량 자고 일어나서 제일 먼저 한 일은 언론사에서 보내온 회신을 확인하는 일이었다. 명백한 오보들에 대해 항의했다. 답신이 온 곳도 있었지만 끝끝내 무시하는 곳이 더 많았고, 정정 보도를 내도 겨우 몇 줄 뿐이었다. 그렇게 지낸 지가 10일이 넘었다.

'그 일'이 터지고 10개월이 지났다. 차마 나에 대한 기사들을 볼 엄두를 못 냈었는데 〈언론인권센터〉에 보낼 자료들을 모으기 위해 겨우겨우 보고 있다. 많아도 너무 많다. 정작 오보를 낸 기자나 언론사들은 어떤 부분이 오보인지도 모르고 있었다. 일일이 짚어주고 정정보도가 나간 언론사에 정정보도 자체에 잘못이 있다고 항의하고 다시 정정 보도를 내보내고. 반복. 그럴 수밖에 없을 것이다. 트위터에서 익명으로 폭로한 사안들을 기사화하다 보니 어느 게 어느 것인지 자신들도 헷갈려 하고 당황해했다.

링거를 겨우 다 맞고 입원을 권하는 의사의 말을 뿌리치고 나와 벤치에 앉아 있었다. 가만히 있으면 어쨌든 이 일들은 지나갈 텐데, 가만히 있으면 가족들을 괴롭히는 일은 없을 텐데, 가만히 있으면 가만히 있으면 어쨌든 지나갈 텐데.

다시 시를 쓰고 싶다.
다시 시집을 내고 싶고 다시 산문집을 내고 싶다.
내가 바라는 것은 사실 그거 하나다.

성범죄자 오명을 다 뒤집어쓰고 시를 쓸 수는 없다. 시집을 낸들 그게 무슨 소용이 있겠는가. 누명을 벗지 못하면 나의 산문들을 엮은 책이 무슨 의미가 있겠는가. 시가 뭐라고, 그 다섯 글자가 계속 맴돌았다. 시가 뭐라고. 시 하나만 포기하면 그냥그냥 살 텐데. 시 하나만 포기하면 가족들을 더 괴롭히진 않을 텐데. 시 하나만 포기하면 언론들하고 싸울 필요도 없고 소송할 필요도 없는데. 나는 이미 사회적으로 죽은 사람인데. 시가 뭐라고. 그걸 다시 쓰겠다고 이러고 있나.

이제야 겨우 알 것 같다. 아무리 정정보도가 나간다고 해도, 소송에서 다 이긴다고 해도, 누명이 풀린다고 해도 온전하게 시를 다시 쓸 수 없다는 것을 이제야 스스로 겨우 나 자신에게 인정하라고 나 자신에게 말하고 있다. 절망하지 않는 가장 현명한 방법은 어쩌면 희망하지 않는 것인지 모른다. 더 절망할 힘도 없고 희망을 희망할 힘은 더더욱 없다. 놓으려고, 다 놓아버리려고, 홀가분해지려고 노력하고 있다.

시가 뭐라고. 오늘 밤을 또 어떻게 지나야 할지 모르겠다.

너는 모른다

아버지의 최근 사진을 보고 있다. 2017년 6월의 어느 날, 내가 찍은 사진이다. 아버지는 몇 년 전, 옥천 시골 마을에 그렇게 바라던 작은 집과 작은 농장을 마련했다. 대전에서 특별한 일이 없는 날엔 대부분의 시간을 옥천에서 보낸다. 수세미, 사과나무, 매실, 돼지감자, 상추, 쑥갓, 브로콜리 등등. 아버지의 텃밭을 채우고 있는 식물들의 목록이다.

너는 이 사진 속의 남자가 다시 옅은 미소를 얻기까지 어떤 고통을 통과했는지 모른다. 내가 제출한 진단서만으로는 나의 병력을 확신할 수 없다고, 나에게 진료 기록 전체를 제출하라고 요구한 너는 이 사내가 나를 처음 응급실로 데려갔던 1996년

2월 7일 밤의 위태로웠던 시간을 모른다. 진단서나 치료 확인서 따위에는 도저히 표시될 수 없는 한 가족 전체의 초조와 불안을 모른다. 이 사진 속 남자의 큰아들이, 1996년 2월 7일 이후로, 단 하루도 자낙스(항불안제의 일종) 없이는 생존이 불가능하다는 사실을 모른다. 건강보험공단에 사실 조회를 요청하면 네가 스스로 나의 병력을 확인할 수 있다는 것을 나는 나의 주치의와 상담한 후에야 비로소 알았다. 네가 법원 재판부에 제출한 그 요구가 나를 괴롭히기 위한 목적이었다는 걸 나는 며칠 전에야 비로소 알았다. 나의 치료 기록을 떼려고 주치의와 상담하다 알았다.

　너는 모른다. 이 사진 속 사내의 아들이, 20대와 30대를 통과하면서 숱하게 병원을 옮겨 다녔다는 것을, 옮겨 다닐 때마다 이 사진 속 사내가 아들을 불러 앉혀 놓고 어떻게 한숨지었는지를, 어떻게 절망했는지를, 어떻게 자신이 물려준 피를 저주했는지를 너는 절대로 모른다. 1996년 겨울의 천안 단국대학교 병원 응급실, 2001년 초봄의 서울 보라매 병원 응급실, 2003년 강경의료원 응급실, 그리고 대전 을지대학교 병원 응급실, 그리고 한국병원 응급실로 아들을 찾아와 얼마나 속으로 울었는지를, 그 울음이 얼마나 길었는지를 너는 절대로 모른다.

　너는 이 사진 속 사내의 아들을 범죄자로 낙인찍는 기사를 썼다. 너의 그 기사를 바탕으로 대한민국의 거의 모든 언론이 융단 폭격으로 달려들어, 마찬가지로 이 사진 속 사내의 아들에게 범죄자 낙인을 찍었다. 이 모든 일은 너의 손가락 하나에서 시작되었다. 이 사진 속 사내의 아들에겐 단 한 통의 확인 전화도 없이, 익명의 '카더라'라는 확인도 불분명한 폭로로 너는 이 사내의 아들을 범죄자로 만들었다. 너는 절대로 모른다. 이 사진 속 사내와 이 사진 속 사내의 아내와 이 사진 속 사내의 아들이 집을 팔고 이사 가려고 집을 내 놨었다는 사실을, 너는 절대로 모른다. 이 사진 속 사내의 거의 유일한 취미였던 동창 모임에 이 사내가 더 이상 참여하기를 포기하면서 했던 말들을, 이 사진 속 사내의 아내가 마찬가지로 동창 모임과 친목 모임과 이런저런 모든 모임에 참여하기를 포기하면서 했던 말을, 너는 절대로 모른다.

　마침내 세 식구만 남아 외출도 삼가면서 보냈던 지난겨울의 추웠던 식탁을, 서로가 서로에게 한 마디 말조차 건네기 조심스러웠던 그 계절의 온도를, 공기를, 수치를, 치욕을, 모욕을, 고통을 너는 절대로 모른다. 서로가 서로에게 의지하면서, 그 의지 하나로 가을과 겨울과 봄과, 그렇게 세 계절을 통과했다는 것을 너는 절대로 모른다.

너에게는 곧 건강보험공단에서 공식적으로 인정해준 이 사진 속 사내의 아들의 병력 기록이 도착한다. 잘 보시라. 이 사진 속 사내의 아들이 어떻게 한 시절을 겨우 건너왔는가를. 너에게는 하나의 서류 뭉치에 불과하겠지만, 한 가족이 한 시절을 건너온 고통의 역사다. 꼼꼼히 보시라. 어떤 약을 언제 처방 받았고 그 약을 처방 받을 때마다 이 사진 속 사내의 주름이 어떻게 늘어갔는지를, 마침내 네가 이 사진 속 사내의 아들을 범죄자로 낙인찍었을 때, 이 사진 속 사내가 어떻게 삶을 놓고 싶어 했는지를 똑똑히, 똑바로 보시라. 그리고 마침내 너는 보거라. 이 사진 속 사내가 어떻게 미소를 되찾는지를. 이 사진 속 사내의 아들이 어떻게 누명을 벗는지를. 이 사진 속 사내가 겨우겨우 되찾은 미소를, 너는 꼭 보시라.

위로

마음을 다해서 위로를 할 때 정작 위로를 받는 건 그 자신이다. 자신이 위로를 하고 있다는 자각을 안 하고 못하고 하는 위로 같은 것. 당신도 누군가를 그렇게 열심으로 위로하고 집으로 돌아가던 길이 있었을 것이다.

송구영신

송구영신 예배엘 다녀왔다. 드문드문 불규칙하게 교회에 가
는 나는 혼자서 성경을 읽는 게으른 신앙을 더 좋아한다. 그래
도 송구영신 예배가 올해로 네 번째. 영신迎新보다 송구送舊가
더 절실했다. 2017년 12월 31일 내내 2017이라는 숫자를 보
는데 통증 비슷한 것이 머물고 있었다. 이제 드디어 가는구나,
안도감과 함께 어떤 조급증이 종일 신체를 맴돌았다. 성철에게
문자를 보내고 10시 40분경에 교회 앞에서 만났다.

3백 명이 훌쩍 넘는 사람들이 앉아 있는 예배당 왼쪽에 앉아
먼저 조용히 기도를 드렸다. 11시. 내가 드린 기도의 내용은
단순했다. 남은 1시간 동안 아무 일 없게 해주세요. 생각해 보

면 2017년은 늘 그랬다. 무언가 알 수 없는 일이 벌어질 것 같은 불안감에 내내 시달렸던 것 같다. 예측이라는 인간의 행위가 얼마나 무의미한 일인지, 예측이 얼마나 사람을 피 마르게 하는지, 예측이라는 것이 결국 소망과 바람의 다른 이름일 뿐이라는 것을. 예측에서 빗나간 황망함에 그냥 몸을 맡길 수밖에 없는 시간들이 그렇게 지나갔었다.

찬송을 조용히 따라 부르다가 호산나 찬양대의 화음에 결국 눈물이 폭발했다. 안경 안쪽에서 계속 습기가 차올랐다. 이상한 소리가 내 몸에서 나올 것 같아 밖으로 두 번이나 나갔다. 친구 성철은 그냥 조용히 기도를 드리거나 찬양을 따라 부르고 있었다.

복도에 앉아서, 복도로 쏟아지는 형광 불빛을 바라보고 있는데 계속 눈물이 났다. 다시 예배당 안으로 들어가서 눈물이 쏟아지는 걸 그냥 쏟아지도록 놔뒀다. 마음이 한결 유순해졌다. 나의 시야 어디에도 시계는 없었다. 숫자, 특히 시간과 날짜에 과도하게 집착하는 나는 2017년이 몇 분이나 남았나 보고 싶었던 것 같다. 스마트폰을 꺼내 보려다 그만두고 물끄러미 시선을 놓아주고 있었다. 작은 빵을 손바닥 위에 두고 있는데 또 눈물이 났다. 마치 2017년에 참고 참았던 모든 눈물이 그 부드러운 고체 안에 다 들어 있는 느낌이었다.

예배가 끝나고 빠른 걸음으로 교회 바깥으로 나와서 하늘을 봤다. 휴대폰을 꺼내서 시간도 봤다. 2018년이구나. 짧은 탄식이 내 입 속에서 툭 떨어졌다.

밤을 꼬박 새웠는데도 정신이 말짱하다. 해피 뉴 이어, 창문을 열고 짧고 간결하게 인사를 했다. 안 보이는 시간에게 잘 지나가줘서 고맙다고, 다른 안 보이는 시간에게 와줘서 고맙다고, 살 수 있는 데까지는 살아 있자고 혼자 조용히 기도를 하는 아침이 지나가고 있다.

아무것도 안 보이는 것을 보고 있다

아무것도 안 보인다는 건, 아무것도 안 보이는 그 상태를 보고 있다는 말이겠다. 아무것도 안 보이는 상태를 정직하게 과장하지 않고 담담하게 쳐다보는 것은 용기의 다른 이름이기도 하겠다. 당신은 지금 아무것도 안 보이는 당신의 시야를 보고 있다.

마흔 번째 생일

블로거 한 명을 고소했다. 대전 동부경찰서에 어제(2017년 3월 6일) 고소장을 제출했다. 이 블로거는 자신의 블로그에 실명을 거론하면서 나를 "상습적으로 미성년자를 성폭행한 사람"으로 묘사하고 있었다. "순수한 소통의 만남이라 변명"한다고도 썼다.

일요일 아침 친구에게 전화를 받고 이러한 글이 있다는 것을 알았다. 짧은 통화. 어서 사이트에 들어가 보라고. 웬일이냐고. 사실 아니지? 라고, 친구는 말끝을 흐렸다.

사실일 리 없다. 미성년자를 상습적으로 성폭행했다면 내가 경찰서에 신고하러 갈 게 아니라 경찰이 내게 연락을 해왔을 것이다. 인터넷에서 소장 양식을 다운 받고 최대한 간결하게 진술하고 화면 캡처를 첨부했다.

애초에 고소할 마음이 있었던 것은 아니다. 해당 블로거에게 댓글로 항의했을 때 돌아온 말은 '공익을 위해서'였단다. 내가 알기로 명예훼손의 성립 조건은 두 가지다. 사실을 적시했을 때와 허위 사실을 유포했을 때. 단, 사실을 적시한 사유가 공공의 이익을 위한 것이라면 면책이 된다. 당연히 허위의 사실로 지켜야 할 공공의 이익 같은 것은 없다. 이 블로거가 그때 만약 진솔하게 사과의 마음을 전해왔다면 고소하지 않았을 것이다. 친구가 나에게 전화하기까지 몇 명의 사람들이 그 글을 봤을까. 식은땀이 났고 부들부들 몸이 떨렸다.

친절한 여성 수사관은 조사 끝 무렵 내게 물었다. 지금 경찰 조사를 받고 있느냐고. 없다고 했다. 그런데 왜 그 여성들은 나에 관한 일들을 폭로했느냐고. 왜 단 한 건의 고소 고발이 없느냐고. 나도 그게 궁금하다고 했다. 그렇다면 폭로자들을 고소할 의향이 있느냐고 물었다. 검토 중이라고 했다. 허위 사실

유포 여부를 가릴 예정이라고만 했다. 곧 시작할 것이다. 폭로의 내용 중 대부분이 허위고 날조기 때문이다.

많은 경우, 법에 호소한다는 것은 스스로가 도덕적으로 결함이 있다는 것을 자인하는 일이기도 하다. 법으로 구제받는다고 해서 그 사람의 윤리까지 회복되는 것은 아니라는 것도 잘 알고 있다. 그건 사법시스템 바깥의 일이다. 수입이 거의 전무한 상태에서 거의 모든 인간관계를 끊고 하루 대부분의 시간을 봉사활동으로 지내고 있다. 당분간은 그렇게 지낼 것이다.

작년 10월 이후 입에 담기도 민망한 욕들을 정말 많이 들었다. 그만들 하시길. 다시 태어나기 위해 필사적으로 노력하고 있으니, 제발 그만들 하시길.

계속 걸었다

남동생의 둘째 딸 돌잔치에 갔다가 인사만 하고 나왔다. 조카의 외가 식구들 보는 일이 아직은 좋지 않겠다고 어머니는 말씀하셨고, 나도 그게 좋겠다고 했다. 흉물로 사는 일이 내게 낯익은 일이 되는 것만큼 저이들은 나를 더 낯설어할 거니까. 낯선 동네에서 다시 낯선 동네로 그냥 걸어야겠다.

"소중한 날을 방해하고 싶지 않아서요."

편의점 친구

막내 동생 나이 정도의 편의점 아르바이트생은 이 시간 즈음에 내가 가면 도시락 유통기한 2시간 지난 거 있는데 그냥 드릴까요,라는 말을 가끔 한다. 그래서 유통기한이 지난 도시락을 같이 먹고 맥주도 같이 마신다.

유통기한이 지나서 바코드도 찍을 수 없지만 먹을 수는 있는 도시락. 그건 정확하게 어떤 삶의 은유다. 고마워요, 나의 새벽 도시락 친구.

웃음이면서 울음인 표정이 있다

인간이 성숙하는 계기 중 극적인 경우 두 가지는 감당할 수 없는 기쁨을 겪거나 반대로 감당할 수 없는 슬픔을 겪는 경우 같다.

자신의 모든 것을 일순간 의심하게 되는 기쁨과 슬픔은 어떤 의미에서는 같은 성질의 것이다

"웃음이면서 울음인 표정이 있다."

좋은 날

'좋은 일'에 초대 받아 '좋은 사람들'과 같이 있다가 도저히 견딜 수 없어서 다른 핑계를 대고 나와 조용히 혼자 걸었다. 무엇이 저렇게들 좋을까, 왜 저런 사소한 일들에 저렇게 웃을까, 혼자 생각하다가 이상한 건 저 사람들이 아니라 나라는 사실을 나 자신에게 설득하며 그냥 계속 걸었다.

청명한 날씨에다 일요일이고 보면 저이들처럼 좋은 게 맞을 텐데 돌아갈 수 없겠구나, 이런 내면으로 나머지 시간들을 견뎌야 하는구나, 수락하면서 벌써 앙상해진 나무 아래로 계속 걸었다.

그렇다면 이런 내면을 얻게 된 것도 또 한편 다행이구나, 어떤 희한한 슬픔을 앓는 것도 또 한편 축복이구나, 나 자신을 간신히 위로하면서 계속 걸었다. 어떤 훗날에 다른 활자를 입고 이것들을 쓸 수 있다면, 생각하면서 그런 쓰지 못한 글들의 입구 같은 길을 따라 오늘은 종일 걸어야겠다.

쓰다

　엷은 감기 기운이 내내 맴도는 11월의 초입이다. 밤에는 누군가에게서 벌써 겨울이네요, 문자를 받고 오후에는 또 다른 누군가에게서 만추네요, 문자를 받았다. 만추와 초겨울 사이로 벌써 앙상해진 나무들도 보인다. 11월은 그런 계절이다. 하얀 개가 오들오들 몸을 떨며 주인의 품으로 달려가 안기는, 11월은 그런 계절이다. 친구거나 연인인 두 사람이 어둠 속으로 사라지는 모습을 보고 있으면 사람이 사라지는 모습은 제법 아름다울 수 있구나, 긍정하고 수락할 수 있는, 11월은 그런 계절이다.

　늦은 오후의 가벼운 산책 끄트머리에 공원에 앉아 있다 한

통의 전화를 받았다. 내년이나 내후년 정도에 시집을 내자는 제안이었는데 그게 무엇을 의미하는지 잘 알지도 못한 채로 네, 네, 하면서 대체로 듣고만 있었다. 전화를 끊고 손바닥에 '시집' 두 글자를 써 보는데 시집이라는 단어가 그렇게 낯설게 느껴진 적은 없었던 것 같다. 시집. 참 이상한 말이다. 시집. 순간, 몸에, 피 말고 다른 것이 흐르게 만드는 말이다. 시집. 누군가에게는 사는 이유 그 자체인 말이다.

저녁엔, 작년 가을에 엮어 둔 네 번째 시집 원고 파일을 열어 보았다. 올해, 그나마 틈틈이 써 두었던 시 폴더도 열어 보았다. 처음 한글이라는 것을 배우고 간판들을 소리 내어 읽던 어린 날의 기억들이 문득문득 피부로 되살아났다. 네 번째 시집 원고는 봉인해 두기로 애초에 마음먹었던 것이니까 내가 나에게 쓰는 메일함에 보관해 두고 아무것도 없는 상태에서 다시 시작해 보자고, 다시 시집을 엮어 보자고 그렇게 혼자서만 다짐을 하는 토요일 저녁이 느리게 지나가고 있었다.

유리에 베인 오른손 새끼손가락 생채기를 가만히 만져 보았다. 이제 막 아물기 시작한 상처로만 어떤 기억들은 온전히 보존된다. 그런 기억들을 시집으로 엮을 수 있었으면 좋겠다고 생각했다. 상처에 대해 쓸 수 있다는 것은 그 상처를 견딜 힘이 있다는 뜻이니까.

너는 비를 사랑한다고 말하지만 우산을 쓴다

대략 3년 전부터 한글 파일에 일기를 쓰기 시작했다. 그날 먹은 음식부터 그날 읽은 문장, 그날그날의 감정들. 기록해 둘 만한 여러 가지 일들. 순전히 호기심으로, 어떤 단어가 가장 많을까, 검색해 봤더니 단연 '나무'다. 나무라는 단어를 타이핑할 때는 아주 잠깐 식물성이 되는 것도 같다.

암호를 걸어 둔 몇 개 안 되는 파일 중의 하나다. 출처를 알 수 없는 문장들이 꽤 있는데 출처를 알 수 없어서 이런 문장들에 더 마음이 가는 것 같다.

너는 비를 사랑한다고 말하지만 우산을 쓴다. 너는 태양을 사랑한다고 하지만 햇빛을 피한다. 너는 바람을 사랑한다고 하지만 바람이 불면 창문을 닫는다. 그래서 나는 네가 나를 사랑한다고 말할 때 두렵다.

— 밥 말리

어떤 칼럼인가를 읽다가 메모해 둔 것 같은데 정말 '시적'인 것들은 시의 내부보다 시 바깥들에 더 많이 은밀하게 존재하는 것 같다.

이런 인터뷰.

"당분간 얼음 위에는 절대로 있지 않을 것이다. 경쟁도 하지 않을 것이다. 져줄 것이다." 스피드 스케이팅 선수 이규혁이 2014년 2월 소치 올림픽을 끝으로 은퇴하면서 남긴 인터뷰다. "져 줄 것이다"라는 말에 괜히 뭉클했던 기억이 남아 있다. 그 아래 이런 문장을 기록해 뒀었다. "져준다는 것은 정말로 지겠다는 것이 아니라 아쉬움과 돌이킬 수 없음까지 수락하겠다는 것. 이규혁의 스케이트에 남아 있는 패배의 기록들로 그는 자신의 삶을 이길 수 있겠다." 그런데 왜 한여름에 이규혁의 인터뷰를 찾아봤을까. 문자로만 기록할 수 있는 것들이 있다고,

나는 여전히 믿는다.

이런 유치한 문장들도 있다.

"공원의 나무 의자 아래로 울분이 쌓이고 있었다. 그 위로 낙엽들이 울분을 보듬어주려고 바람에 뒤척이고 있었다." 2016년 11월 4일의 기록이다. 저 문장으로 내가 복원할 수 있는 것은 많다. 공원에서 밤늦게까지 앉아 있던 늦가을의 어느 밤이 피부에 와 닿는다. 문장이 소환하는 기억들은 활자가 그러한 것처럼 서로서로 잇대어 있으면서 내가 기억할 수 없는 기억들도 조용히 불러내준다.

활자가 가능하다는 것은 살아낼 힘이 있다는 것이다. 그래서 쓴다, 가 아니라 그럼에도 불구하고 쓴다, 로 나의 일기들은 파일 안에서 조용히 옷을 갈아입는 중이다.

터미널

이즈음의 산책은 자주 터미널에서 멈춘다. 아무 데나 가고 싶은데 아무 데도 갈 수 없을 때, 어딘가로 떠나는 사람들은 꼭 그 자리에 뒷모습을 남기고 간다. 나머지 삶을 버리고 훌쩍 이 세상을 떠난 어떤 사람의 나머지 삶을 내가 대신 살고 있다는 생각. 그 사람이 지은 죄를 내가 대신 살고 있다는 생각.

공기와 계절과 초록의 농도가 기억하는 기억이 있어서 걷기만 하는데도 어떤 날은 명치끝이 아프다. 언어가 있어서 불행이고 언어가 있어서 다행인 어떤 날들이 다투며 지나고 있다.

또 한 사람이 버스에 오르고 있다. 저 도시에는 바다가 있고 저 도시의 좁은 골목 담벼락에는 내가 글자를 새겨 놓은 작은 모퉁이가 있다. 저 도시로 가는 버스에 이 저녁의 울음을 질질 끌고 한 사람이 앉아 있다.

나는 당신의 목적지를 모르고 당신은 나의 슬픔을 모른다. 몰라도 되는 것들을 모르는 것은 참 다행한 일이다.

침묵 소리

커피 마시고 글 쓰러 온 카페, 건너편 테이블의 어린 연인들
이 헤어지나 보다. 어쩔 수 없이 듣게 되는 말들과 침묵들을 가
만히 흘려보내고 있다. 헤어짐을 '당하는' 어쩔 수 없는 침묵이
더 크게 들리는 오후가 지나가고 있다.

청첩장과 부고 문자

한 사람에겐 청첩장을 받고 다른 한 사람에겐 부고 문자를 받은 날이다. 이상한 날이다. 가만 생각해 보면 '결혼 시즌', '결혼철'이라는 말은 빈번하게 쓰이는 반면에 장례 시즌이나 장례철이라는 말은 없다.

기쁜 날을 정해 놓고 기뻐할 수는 있지만 슬픔은 느닷없이 찾아온다. 어쩌면 슬픔 자체의 속성은 '느닷없음'에 있는지도 모른다.

청첩장과 부고 문자 사이에 황망하게 놓여 있는 날들이다.

나무의 윤리

자신이 윤리적인 사람이라는 것을 입증하는 가장 쉬운 방법은 명백히 비윤리적이라고 공동체가 인정한 사람을 헐뜯고 비방하고 모욕하는 것이다. 타인에 대한 맹렬한 공격으로 얻은 윤리와 도덕으로 순간, 자신이 윤리적인 사람이라는 것을 '전시'할 수는 있겠지만 그렇게 획득한 윤리와 도덕은 쉽게 무너지고 쉽게 비윤리로 바뀐다.

나무는 절대로 다른 나무의 초록을 방해하거나 괴롭히지 않는다. 나무는 오롯이 자신의 리듬과 자신에게 주어진 물과 바람과 햇빛, 그리고 어둠으로 계절들을 지날 뿐 다른 나무를 탓하지 않는다.

이를테면 '나무의 윤리'를 생각해 보는 금요일 오후가 식물성으로, 느리게, 초록으로 지나가고 있다.

정오의 공원

작은 공원 평상에 앉아 있는데 희미하게 찬송가 소리가 들린다. 참 좋다.

한때 교회에 다닌 적이 있다. 성당에도 다녔었는데 무엇과 그렇게 불화했었는지 기억이 나지 않는다. 요즘은 혼자서 손 가는 대로 성경을 드문드문 읽는다.

멀리서 희미하게 들리니까 더 절절하게 들리는 찬송가 소리. 멀어지니까, 희미해지니까, 비로소 사라지니까 절박해지는 것들이 있다. 멀어지기 전에, 희미해지기 전에, 사라지기 전에 붙잡아야 하는 것들을 붙잡자고 조용히 다짐해 보는 정오의 시간.

작은 공원은 그저 작다고만 생각했었는데 나무들이, 앉을 곳이, 아이들이 뛰어놀 곳이, 노인들이 둘러 앉아 이야기할 곳이, 연인들이 서로의 은밀을 보듬어줄 곳이, 그리고 어느 슬픈 사람이 숨어서 울기 좋은 곳이 이 작은 공원에 다 있구나.

모든 것들이 새롭게 보이는 시간들을 지나고 있다.

몸이라도 아프지 말고요

자고 일어나니 오래 연락이 안 되던 분에게서 이런 문자가
와 있었다.

"몸이라도 아프지 말고요."

핑, 눈물이 돌았다.

가장 힘이 센 언어는 어쩌면 앞뒤 맥락 없는, 설명이 없는 언
어가 아니라 온전히 마음인 어떤 글자들 같다.

여름이 다 가고 있다.

몸이라도 아프지 말고요.

백색 공간

응급실에 또 왔다. 백색 공간으로 빗소리와 링거가 같이 들이친다. 지긋지긋한 폭로와 소문들.

소문에서마저 폭로들에서마저 나는 갈 곳이 없다.

쓰는 일

대략 일주일 전부터 무기력과 무망감無望感, 이유 없는 낙담에 계속 시달리고 있다. 조금 지독하다 싶을 정도의 마음의 불평은 몸의 반응으로도 나타난다. 잦은 두통과 매스꺼움, 간헐적인 발작 등등.

정체를 알 수 없는 통증들과 다투다가 오늘은 대낮부터 포로처럼 카페 구석에 앉아 있었다. 멍 때리기에서 시작한 '마음 다스리기'가 자연스럽게 명상 비슷한 것으로 이어졌고 마음이 조금 맑아지기 시작했다. 알 수 없는 신체의 통증들도 조금 덜해지는 기분이었다. 그때 문득 든 생각은 이거였다. 마지막으로 시를 쓴 게 언제였더라.

끙끙대면서 두 시간 가량 시 비슷한 걸 썼다. 이를테면 단어 하나에 무기력증을 나눠주고 단어 하나에 두통을 나눠주고 문장 하나에 경미한 발작을 나눠주는 방식.

다 쓰고 나서 비스듬히 앉아 내가 쓴 시를 내가 다시 읽는데 괜히 울컥하면서 무언가가 느리게, 명치끝을 지나가고 있었다. 잘 쓴 시도 아니고 빼어난 시는 더더욱 아니어서 오래 퇴고해야 할 것 같지만 무언가를 썼다는 안도감이 요 근래의 통증들을 어루만져주고 있었다.

생각해보면 그렇게 20대와 30대를 지나왔던 것 같다. 다시는 시를 쓰지 못할 것 같은 불안과 무언가를 계속 써야 한다는 강박. 그 오랜 습성이 몸에 배어서 나도 모르게 나를 괴롭히고 있었구나, 그런 자각이 뒤따라 왔다.

언젠가는 꼭 버리고 싶은 습성이 내가 나 자신을 괴롭히면서 시를 쓰는 일이지만, 아직은 그게 잘 안 된다. 그래도 오늘의 저녁은 어떤 충만함으로 가득하다. 이렇게나 하찮고, 시시하고, 단순한 보람으로 나는 또 나 자신을 앓겠지. 내가 쓴 단어와 문장들을 데리고 작은 산책을 하는 저녁. 고마워, 몸과 마음의 신호들아. 나를 여기까지 질질 끌고 와준 다정한 친구들아.

일요일

일요일이 다 가고 있으니까 "일요일이 다 가는 소리"로 시작하는 노래가 생각난다. 아무리 반복돼도 좋은 시간은 일요일 같고 아무리 반복돼도 익숙해지지 않는 시간은 월요일이다. 나무들에게도 일요일이 있을까, 초록들은 언제 쉬나, 이런 쓸데없는 생각이나 하는 저녁의 산책길이다.

아무리 봐도 질리지 않는 건 나무들인데, 나무들도 나무들끼리 서로 미워하고 싸우고 그럴까, 하는 잡생각이 또 간섭한다. 생각해 보면 내가 나를 괴롭히지 않고 쉴 수 있는 거의 유일한 시간은 식물들의 세계에 대해 집중할 때인 것 같다. 나무들의 시간으로 조용히 걷고 있다.

준비

위로도 준비가 필요하다. 슬픔의 한가운데를 통과하는 사람에게 건네는 위로는 방향이 '그 사람'이 아니라 '나' 자신에게로 향해 있다. 그건 위로가 아니라 슬픔을 목격하는 자신의 고통을 덜기 위한 도피에 가깝다. 지금이 위로해야 하는 시간인지 그냥 지켜봐야 하는 시간인지 알 수 없다는 거, 어쩌면 그게 '위로'라는 행위 자체의 '불구성'인지도 모른다. 너의 곤경과 너의 슬픔에 대해 아무 말도 하지 않겠다는 건 그래서 많은 경우 방치가 아니라 준비의 시간이 된다.

"더 슬퍼해. 네가 다 슬퍼할 때까지 기다릴게."

시를 쓰기 위하여

'그 일'이 터지고, 방송에서 신문에서 내 이야기를 하는 와중에 변호사 사무실을 처음 방문했을 때, 내가 소리 나지 않게 기도한 것은 단 하나였다.

"시를 계속 쓸 수 있게 해주세요."

변호사가 팩트를 체크하고 나의 입장을 묻는 와중에, 이런저런 법리를 듣는 와중에, 내가 할 수 있는 것과 내가 할 수 없는 것을 듣는 와중에도 오직 마음이 바라는 것은 단 한가지였다. 시를 계속 쓸 수 있는가. 나는 시를 계속 쓸 자격이 있는가. 세상은 나에게 시를 계속 쓸 수 있도록 허락해줄 것인가. 하지 않은 일을 했다고 타인들이 폭로했고, 하지 않은 일을 했다고 신문에서 방송에서 보도했고, 내가 할 수 있는 일은 그냥 견디는 일이었다.

몇 개의 소송이 진행 중이고, 그 중 허위 폭로를 한 사람이 처벌을 받을 모양이다. 변호인과 상담사와 친구의 역할을 동시에 해주고 있는 윤기에게, 내가 다시 시를 쓸 수 있겠느냐고, 마구 취해서 물었던 날 윤기는 말끝을 흐렸다. 신중한 녀석의 성격을 아니까, 빈말을 하지 않는 녀석의 성격을 아니까 나는 그냥 윤기 앞에서 몇 시간을 울었다.

혼자 편의점 바깥, 나무로 만든 의자에 앉아 멸치에 소주를 마시고 있는 새벽이다. 내 눈 앞의 저 술병과 내 눈 앞의 저 멸치들과 내 눈 앞의 저 시커먼 공기들이 어쩐지 이 시간들의 은유 같다. 법으로 구제받는다고 해서, 법으로 이긴다고 해서, 법으로 마침내 결백을 입증 받는다고 해서 내가 다시 시를 쓸 수 있는 자격을 얻는 것은 아니다. 누구보다도 나 자신이, 내 마음의 명령이 그걸 잘 알고 있다.

시를 계속 쓸 수 있게 해달라는 나의 소망이 오만이 아니길. 시를 계속 쓸 수 있게 해달라는 나의 간절한 바람이 누군가에게 상처가 아니길. 시 한 편 쓰는 일이 나에게도 감사하고 너에게도 감사한 일이 되기를. 그렇게 이 모든 시간이 힘겹게, 다만 고통스럽게 지나가기를.

침묵을 배우는 일

시의 '자기 치유적 효능'은 하고 싶은 말을 다 쏟아내는 데서 오는 게 아니라 하지 말아야 할 말과 해서는 안 되는 말, 말할 수 없는 것들을 말하지 못하는 '어쩔 수 없음'을 배우는 데서 오는 것 같다. 잘 말하기 위해서는 잘 침묵해야 하니까.

가족들

"영혼 깊이 상처를 입자 나는 본능적으로 가족들의 품으로 파고들었다."

어느 소설에서 읽은 구절이다. 출처는 기억나지 않는다. 급하게 메모를 했던 모양이다. 지난 몇 개월, 지옥 같은 시간을 보내면서 가장 괴로웠던 건 가족들이 웃음기를 잃어간다는 거였는데, 천천히, 다시 예전의 일상을 되찾고 있다.

주말엔 동생 내외와 조카 둘과 아버지 옥천 농장에 다녀왔고, 오늘은 어머니랑 카페에서 이런저런 얘기를 오래 나눴다. 어머니, 아버지와는 이제 친구가 되어 가고 있다. 다행인 존재들이 다행한 자리에 다행히 있어 주는 것이 자체로 얼마나 다행한 일인지 이제 겨우 알아 가고 있다.

웃음과 울음은 같은 얼굴에서 시작된다. 당연한 슬픔이 없듯이 당연한 기쁨 또한 없다.

분노조절장애

분노 조절이 잘 안 된다. 두 시간 주치의와 상담 후, '외상 후 스트레스 장애' 진단을 받았다. 병명이 하나 늘었다. 대한민국 거의 모든 언론의 4일간의 폭격.

아버지 어머니와 나란히 앉아, 9시 뉴스에 내 사진이 나오는 장면을 보던 순간을 잊지 못한다. 평생 잊지 못할 것이다. 어떤 순간 각인된 상처는 아무런 치유제가 없다. 마음의 생태계는 특히 더 그렇다.

그 일 이후, 세상 자체가 거대한 감옥이 되었다. 여전히 그렇다. 앞으로도 그럴 것이다. 그러므로 그 일 이후 쓰는 모든 글들은 옥중 일기가 되겠지.

  나쁘지 않다. 감옥에서 사는 것도. 모든 게 잘 되어 간다. 살
아냈으니까, 더 살아 보기로 한다.

너무 빠르지 않게

두 단어가 결합해서 전혀 '다른 것'이 될 때가 있는 것 같다. 여름밤이 그렇다. 여름이고 밤이어서 다른 계절의 다른 시간 같다. 밤이 짧아지니까 많은 것들이 짧아진다. 짧은 밤, 긴 글을 써야 한다. allegro non molto. 너무 빠르지 않게.

어떤 고통들은 다만 '너무 빠르지 않게', '너무 느리지도 않게' 고요히 머물다 갔으면 좋겠다.

두 번째 스무 살, 마흔

처음, 시라는 걸 써 보겠다고 마음먹었던 스무 살부터 꼭 지켰던 나와의 약속이 있다. 무슨 일이 있어도 일주일에 하루는 밤을 새자는 것. 시를 못 쓰더라도 밤공기의 흐름과 새벽에만 흐르는 무늬와 밤이 지나가는 소리를 듣고 보고 느껴 보자는 것.

마흔. 이제는 안 된다. 몸이 못 버틴다. 받아들여야지 어쩌나.

서러울 것도 슬플 것도 없다. 무너진 것은 무너진 대로 무너진 곳에서, 다른 길을 열어준다. 누워서 메모장에 쓴다. 써 본다. 시 비슷한 것부터 잡생각까지, 다시 잡생각에서 더 멀리,

문장을 써 본다. 누워서 써 본다.

　벌써 마흔이구나, 하는 친구가 있고 이제 마흔이다, 하는 친구가 있다. 같은 현상, 같은 상황, 똑같은 조건인데 누구는 푸념이고 누구는 설렘이다.

　"진성아, 두 번째 스무 살 같다."

　강혁이 한 말이다. 이건 무슨 헛소리지, 속으로 생각하면서 녀석을 몇 달째 지켜보고 있다. 이 녀석은 마흔이 되던 1월부터 도자를 배우러 다닌다. 기타를 배우러 다닌다. 요가도 배울 예정이라고 한다. 생활 패턴이 달라지니까 생각하는 것도 달라지고 인간관계도 달라지고 그림도 달라진다. 실제로 혁의 그림은 더 깊어지고 더 유려해지고 무엇보다 자연스러워졌다.

　우리는 체념과 긍정을 자주 혼동하고 살지만 둘은 분명히 다른 종류의 것이다. 마침내 자신을 긍정하는 일은, 자신을 속이지 않고 자신을 긍정하는 일은 절망하는 일보다 더 어려운 일 같다는 생각. 사실 그게 더 아프다는 생각.

누워서 이 글을 쓰는 마흔의 내가, 스무 살, 책상 스탠드 아래 앉아 자신의 병과 자신의 재능 없음과 자신의 한계 때문에 새벽을 울던 한 청년의 등을 토닥이고 있다. 괜찮아. 마흔이 된 어느 날 새벽 너는 스마트폰이라는 희한한 노트에 자신을 괴롭히지 않으면서 글을 쓸 거야. 너는 무언가를 계속 쓸 거야.

울지 마.

아버님 전상서

언젠가는 꼭 써야지, 써야지 마음먹고도 차마 쓰지 못했던 편지를 이제야 씁니다. 아버지,라고 불러보기만 하는데도 죄송스럽고 송구스럽습니다. 속죄의 마음으로 이 편지를 이제야 씁니다. 더 미루면 못 쓸 것 같아서, 더 미루면 제가 품고 있는 이 죄악감마저 희미해질까 봐 스스로에게 다짐하면서 복기하면서 죄송스런 마음으로 씁니다.

오늘 아침 기어이 사단이 나고 말았습니다. 저에 대한 결정적 오보를 내 보냈던 〈TV조선〉 쪽에서 아무런 사과도 없이 자신들이 내 보냈던 방송에 대한 링크를 삭제하겠다는 통보를 받은 직후였습니다. 결정적 오보에 대해 공식 사과를 요구하는 내 쪽과 〈TV조선〉 쪽의 입장을 '스피커폰' 기능으로 식구들과 같이 듣다가 끝끝내 사과를 못하겠다는 〈TV조선〉 쪽과의 전화를 끊고 난 직후, 머리 전체가 마비되는 통증이 찾아왔습니다. 온몸에 달아오르는 열을 식히려고 샤워를 하다가 기어이 사단이 나고 말았습니다. 겨우 성기 부분만 수건으로 가린 채 벌러덩 거실에 누워서 아버지께 머리 부분을 좀 지압해 달라고 요청했습니다. 기어이 울음이 터졌고, 저는 소리를 지르며 누구에게 하는지도 모르는 욕설을 해댔습니다. 울고 소리 지르다가 또 울고.

아버지는 저의 머리를 누르다 울분에 복받쳐 아버지 방으로 돌아가시더니 소리를 지르기 시작했지요. 오롯이 한 마디가 가슴 깊이 박혀 있습니다.

"이러다 식구들 다 죽겠다. 차라리 하던 거 다 그만 두자. 내가 못 살겠다, 내가."

아버지의 그 말씀이 저의 통증을 멈추게 했습니다. 당연한 것을 사람이 모를 때, 모르고 싶을 때 그때 폭력이 시작되고 누군가를 죽이지 않는 방법으로 죽일 수도 있다는 것을, 산송장으로 만들 수 있다는 것을, 나 살자고 버텨온 지난 10개월이 사실은 온 가족의 고통이었다는 것을 그제야 겨우겨우 몸으로 깨달았습니다. 아버지는 급하게 차를 몰고 어딘가로 나가고 저 또한 바깥으로 나와 아무렇게나 아무 데나 앉아 이 글을 쓰고 있습니다. 어머님은 어디에 계신 걸까요. 왜 우리 가족은 이렇게 된 것일까요.

아버지는 아무도 원망하지 말자고 하셨습니다. 모든 것은 저로 인해 시작된 일이니 저를 먼저 반성하라고 하셨습니다. 압니다, 아버지. 이 모든 불행의 단초가 저라는 것을요. 하지만 아버지. 제가 언론과 싸우고 허위 폭로자들과 싸우는 이유도 아버지, 그리고 어머니 때문입니다. 연좌제가 사라진 지는 오래됐지만 이게 연좌제가 아니고 무엇이겠습니까. 해당 〈TV조선〉 방송을 보던 것이 10개월 전의 일입니다. 그때 저는 그 방송을 차마 보지 못했습니다. 아버지와 어머니의 표정만 살폈습니다. 그 표정을 어떤 언어로 담을 수 있겠습니까. 얼음이 땅에 떨어져 산산조각 날 때의 그 모양 같은, 두 분 얼굴.

얼음은 땅에 떨어져 산산조각 나면 물로 변해서 흐르면 그만
이지만 그 일 이후로 아버지와 어머니는 물처럼, 사라지지도
못하셨습니다. 모든 외출을 삼가고 다만 숨어 살았던 시간들.
제 이야기는 않겠습니다. 일가친척 어떤 애경사에도 못 나가던
두 분. 그렇게 좋아하던 친구 분들 모임에도 못 나가던 두 분.
낯선 번호로 오는 전화는 일체 안 받던 두 분. TV 자체를 오래
안 보던 두 분. 아버지와 어머니, 그리고 저, 그렇게 셋이서 차
가운 식탁에서 밥 먹고 거실에서 함께 자고 밤에 잠깐씩 죄 지
은 사람들처럼 가까운 곳 강바람을 쐬고 돌아오던 숱한 어둠들
이 있었습니다.

저도 이 싸움에 지칩니다. 저 지치는 것만 생각했습니다. 저
힘들고 저 억울한 것만 생각했습니다. 저만 괴롭다고 저만 죽
을 것 같다고, 오로지 저 하나만 생각하며 살았다는 것을 이제
야 겨우 알았습니다.

가장 가까운 가족도 못 돌아보면서 제가 어떤 일을 할 수 있
겠습니까. 뼈아프게 깨닫고 있습니다. 아버지. 어디로 가신 겁
니까. 이 편지를 어떻게 맺어야 할지 모르겠습니다. 풍비박산

난 이 가족은 어떻게 해야 하는 겁니까. 도대체 아버지는 무슨 죄가 있는 것입니까. 도대체 저의 죄는 언제 끝나는 겁니까. 도대체 이 나라의 언론들은 왜 그렇게 사과 한 마디가 힘든 겁니까. 도대체 아버지는 언제 쉴 수 있는 겁니까. 도대체 아버지는 어떻게 해야 하는 겁니까.

죄송합니다. 아버지. 아버지께 지은 죄는 저의 평생 업으로 남을 것입니다. 부디, 못난 자식을 용서하지 마세요, 아버지.

침묵에 대한 예의

아무런 외적인 장애가 없어도, '돌발적인 사건들'이 없어도, 그 어떤 절대적인 결핍의 느낌이 있다: 그러니까 그건 '슬픔'이 아니다. 그건 순수한 비애다―무엇으로도 대체할 수 없는, 무엇으로도 상징화할 수 없는 그런 결핍감.

― 롤랑 바르트《애도 일기》중.

*

몇 년씩 연락이 없던 지인들에게 종종 대전에 왔는데 시간이 어떠냐는, 볼 수 있겠느냐는 연락을 받곤 한다. 멀리 초등학교 친구부터 오래 전 사제지간을 맺은 사람까지. 그 중 몇 사람이 유난히 기억에 남는다. 대전이라는 곳이 어딘가를 가다가 혹은 어딘가에서 자신의 거처로 돌아가다가 지나가는 곳이어서 내게 더 자주 그런 일이 있는 것 같다. 부모님이 돌아가셨거나 이혼을 했거나 그도 아니면 아무 이유 없이 사는 일에 지쳐서, 그렇게 잠시 나를 다녀간 사람들을 알고 있다.

롤랑 바르트가 '슬픔'과 '비애'로 단호하게 구분 짓고 있지만 어떤 비애감으로 몇 군데를 떠돌다가 나를 지나쳐간 사람들의 어떤 황망한 시간들을 같이 지나간 적이 있다. 슬픔이 아니니까 어떤 위로도 섣불리 건넬 수 없고, 그 사람의 어떤 '돌이킬 수 없는 마음'이 이 도시에서 잘 머물다 가라고, 같이 있어 주는 일, 이게 내가 할 수 있는 일의 전부다. 어떤 추억들이나 사소한 안부도 언어로 소환하는 일이 여간 조심스러운 것이 아니다. 사는 일 자체의 허기가 주는 '실체 없는 괴로움.'

상대방이 침묵을 원하면 그 침묵을 받아주는 게 예의다. 언어와 언어가 오갈 때 그 언어들을 지켜주는 것은 언어와 언어 사이의 침묵이다. 어떤 서사도 불가능한 마음과 만날 때는 나도 '서사화하고 싶은 욕망'을 버려야 한다. '그때는 고마웠다'는 후일담은 그래서 온전히 어떤 침묵에 관한 일이다. 우리는 침묵을 서로 나눠가졌고 그 침묵에 대한 기억을 공유하고 있다.

당신의 어떤 비애가 나를 다녀갔고 나는 그 비애가 다치지 않
게 아무 말도 하지 않았다.

신기루가 아니다

희망과 행복, 이런 낱말들이 신기루라면 그 반대의 절망과 불행 역시 신기루일 것이다. 우리의 시야는 대체로 환시고 착시고 약시여서 한쪽만 실재라고 믿는다. 희망과 행복, 이런 낱말들이 거짓이고 허구라면 절망과 불행 역시 거짓이고 허구일 것이다.

오늘은 다만 이렇게 적고 싶다.

희망을 갖는 일을, 행복해지는 일을 두려워하지 말자.

희망이라는 단어를 물끄러미 쳐다보는 오후가 지나가고 있다.

새벽에 우는 사람

　카페 바깥에서 담배를 피우는데 한 청년이 내게 다가오더니 이렇게 묻는 거였다. "몇 시나 됐나요." 스마트폰이나 시계를 잃어버렸나, 생각하며 "1시 20분이네요"라고 말해주었다. "불 좀 빌릴 수 있을까요", 그가 다시 말을 걸어 와서 라이터를 빌려줬다. 청년이 내게 계속 물어왔다. "대전에서 갈 만한 곳은 어디인가요." "그런데 선생님은 뭐하시는 분인가요." "저는 서울에서 왔습니다."

　짧은 대답과 최소한의 행동만 하며 그 청년과 나란히 카페 바깥 대리석에 한 시간가량 앉아 있었다. 그 청년의 사정은 이랬다.

다섯 시간 전에 3년을 만난 연인과 헤어졌다는 것, 무작정 터미널에 갔다가 대전행 버스를 탔다는 것, 갈 곳이 없다는 것, 그냥 아무하고 나 얘기하고 싶었다는 것, 자신이 지금 사과하면 헤어진 연인이 다시 돌아올 것 같다는 것, 아무것도 결정하지 못했다는 것.

사정은 그랬다. 청년은 갑자기 주저앉아 울기 시작했다. 사람의 울음소리가 그렇게 청아하게 들린 건 참 오랜만이었다. 청년아, 그 슬픔도 지나간단다, 아무 일 아닌 것처럼 다른 여자를 만나기도 할 것이고 내 앞에서 울었던 것을 창피해 할 것이야. 이따위 말들은 그냥 속으로만 삼키며 그 청년이 다 울 때까지 곁을 지켜줬다.

어디로 가는지 모르겠지만 그 청년의 뒷모습이 사라질 때까지 지켜보고만 있었다.

강혁 생각

30년 지기 친구 강혁의 그림 〈더미산수화〉 연작 중 일부가 5월에 개봉하는 설경구 주연의 영화 〈불한당: 나쁜 놈들의 세상〉에 소품으로 등장하나 보다. 칸느에 초청됐다는 소식이 들리는 걸 보니 작품성도 어느 정도 있는가 보다. 강혁이 카카오톡으로 보내준 사진을 보고 있다. 영화의 포스터에 희미하게 배경으로 강혁의 그림이 보인다. 다른 지면에서 언젠가 쓴 적이 있지만 강혁의 그림은 실물로 보아야 한다. 목각 인형 '더미dummy'를 오랫동안 끈질기게 천착해 온 이 묵직한 화가에게 왜 더미를 그렇게 오랫동안 그렸느냐고 물어본 적은 없다. 그의 작업실에 찾아가 물끄러미 그가 작업하는 걸 보고 있으면 그냥 알게 된다. 느끼게 된다. 강혁이 더미를 그리는 것이 아니라 어쩌면 더미가 강혁을 여기까지 끌고 왔을지도 모른다는 생각마저 든다. 나무를 주로 그리는 이 화가는 나뭇잎 전체를 더미, 즉 인간으로 대신한다. 인간들이 나뭇가지에 매달려 있다는 것은 자체로 아름다운 상상력이자 잔혹한 상상력이기도 하다.

이 그림은 강혁의 그림 중에서도 유난히 그 스케일이 큰 작품이다. 작품 자체의 크기는 다른 작품에 비해 작은 편이지만 오래, 깊게 공들인 흔적이 작품 곳곳에 스며 있다. 공동의 큰 슬픔은 꼭 그만큼의 세밀함과 밀도를 필요로 하는 것 같다. 몇 달 그렸니, 내가 물었을 때, 세 달 그렸다고, 짧게, 강혁은 말했다. 중앙의 검은 나무 아래와 좌, 우로 검은 바위들. 그 바위 안에 더미와 더미로 얽힌 검은 부분이 이 그림의 중심이라고 나는 읽는다. 검은 색으로만 말할 수 있고 그릴 수 있는 어떤 슬픔들을 강혁은 잘 알고 있다. 프랑스의 현대 철학자 피에르 자위Pierre Zaoui는 이렇게 쓰고 있다.

자아는 세상의 중심을 자처할 '때' 가증스럽다.

사실 겸손에는 자기모욕이 없다. 심리적인 자기모욕이든 사회적인 자기모욕이든 그런 것은 겸손과 무관하다. 겸손은 그저 타자가 가장 형편없는 인간일지라도 그에게 아직도 가치 있는 무엇인가가 있다는 섬세한 자각일 뿐이다. 그리고 바로 그 지점에 우리가 오늘날 '드러내지 않기'라고 부르는 것의 기원이 있음을 인정해야 한다. '드러내지 않기'라는 경험의 중추는—아직은 그 경험이 겸손이라는 이름으로 불릴지라도—자기증오나 자기에 대한 염려와는 무관하다. 그 중추는 순전히 타자들에게로, 대타자에게로, 피조물들에게로, 세계로 향해 있다.

— 피에르 자위 《드러내지 않기》 중.

  강혁의 그림들은 웅장함 이면에 겸손을 갖추고 있다. 강혁의 그림에서 인간이 등장할 때, 그것은 나뭇가지에 매달린 인간의 형상처럼, 아주 작게 또한 아주 사소하게 드러난다. '세상의 중심을 자처하는 자아'가 아니라 세계 안의 아주 작은 일부로, 강혁의 그림에서 인간은 그렇게 존재한다. 그것은 아마도 강혁이라는 인간 자체의 '겸손함'과 '타인에 대한 감수성'이 작품에 그대로 투영된 결과이리라. 하지만 그 겸손은 흔히 그러한 것처럼 '자기 모욕'이 없다. '드러내면서 드러내지 않기', 어쩌면 강혁은 그림을 통해 수행을 하고 있는지도 모른다.

2016년 여름, 강혁과 책 한 권을 같이 냈다. 《미완성 연인들》. 강혁이 그림을 그리고 내가 글을 쓴 이 책의 운명은 생각했던 것보다 가혹하고 불행했다. 나에게 불미스러운 일이 있었고, 그 일로 인해 현재까지도 '출고 정지 상태'로 묶여 있다. 내가 제안을 했고 강혁이 받아들여 출판사에 그 뜻을 전달했었다. 입 속의 모래알 같이 꺼끌꺼끌했던 시간을 강혁과 나, 그리고 그 책은 같이 통과하고 있다. 강혁에게 그 책은 첫 책이었다. 그래서 강혁을 생각하면 언제나 미안함이 먼저다. 그런 꼴을 당하고도 지청구 한 마디 없이 곁을 지켜준 친구가 강혁이다.

쓸데없이 글이 길어졌다. 혼자서 한 번 보고, 강혁이랑 한 번 더 보고 두 번을 봐야겠다. 영화 속에서 내 친구의 그림을 보는 기분은 어떨까. 설레고 두렵고 무엇보다 고맙다.

좋은 게 좋은 거다

많은 관계에서 "좋은 게 좋은 거다"라는 말, 정말 안 좋은 거같다. 안 좋은 건 안 좋은 거다. 그게 더 맞는 말이다. 안 좋은걸 좋아하라고 강요하는 거, 정말 안 좋을 뿐만 아니라 거의 모든 폭력의 기저 심리라고 해야겠다.

괜찮아요. 안 좋은 걸 정확하게 "안 좋다"라고 말하세요. 당신은 그래도 됩니다.

페이스북 생각

'그 일'이 터지고 모든 SNS 계정을 닫았었다. 잠자고 밥 먹고 오지 않는 잠을 억지로 끌어당겨서 또 자고 그렇게 가을과 겨울이 지나갔다. 어떤 시간들은 정말로 아무것도 '없다.' 그렇게 없는 시간들을 지내고, 다시 페이스북을 열면서 생각을 바꾸었다. '그 일' 이전의 나의 타임라인은 대부분 시인들이거나 시인 지망생들이 차지했었다. 가끔 평론가들. 그 탕이 그 탕이었다. 무엇이 갑갑한지도 모르고 갑갑했던 시절. 페이스북 친구 추가가 들어오면 무어 그리 잘났다고 끝끝내 받아주지 않던 시절.

생각을 바꿨다. 노골적인 성매매를 유도하는 여성이거나 마찬가지로 노골적인 상업성을 띤 분이 아니라면 전부 친구 추가를 했다. 타임라인에서 간간히 보이는 타인들에게 먼저, 열심히 친구 추가도 했다. 변화는 미세한 곳에서부터 찾아왔다. 나는 무용학원 원장이 어떻게 아이들을 가르치는지를, 아마추어 사진작가가 어떤 고민을 하는지를, 일용 노동자분이 어떻게 저녁을 소주로 달래는지를 몰랐다. 모르고 싶어 했었다. 일흔을 훌쩍 넘긴 분이 맞춤법, 띄어쓰기까지 틀려가면서 쓴 글이 이제는 나의 선생이 되었다. 어느 주부의, 틀림없이 우리 어머니가 지나갔을 어떤 시간들에 대한 기록들의 열렬한 애독자가 되었다. 프랑스로 유학 간 예비 영화감독이 어떤 노을을 보는지 알게 되었고 부산의, 울산의, 목포의 카페 주인이 어떤 창으로 이 세계를 보는지 몰래 염탐하게 되었다. '좋아요'를 누르며 좋아하게 되었다.

좋아하는 게 달라지면 식성이 사람의 체질을 바꾸듯, 쓰는 글도 달라지게 마련이다. 내가 요즘 가장 기피하는 글은 '문학을 위한 문학'이다. 내가 나를 속이면서 썼던 글, 내가 나만 알게 썼던 시들을 폐기 처분하고 있다. 평론가들의 눈치를 보면서 스물네 살 등단 때부터 세 권의 시집을 냈다. 눈치 보고, 쓰고, 눈치 보고, 고치고, 눈치 보고, 두려워하면서. 여기까지 왔다.

그러지 않으려고 한다. 문학평론가 한 명의 알아들을 수 없는(?) 평론보다, 내가 사랑하는 페이스북 친구들의 좋아요 한 개가 더 좋다. 그 분들이 내 글을 읽어준다면, 그 분들이 내 글을 읽어주고 그 분들이 내게 격려를 해준다면 기꺼이 나는 카페에서 밤을 새는 일을 멈추지 않을 것이다.

극단의 고통은 사람을 '새로' 태어나게 한다. '죽어가고 있다'가 '살고 있다'로 바뀌고 있다. 나는 나의 삶을 드디어 긍정하기 시작한 것 같다. '그 일' 덕분이다.

당신이 모르는 어떤 마음으로, 내가 모르는 당신의 마음에게, 사랑한다고 그렇게만 쓰고 싶다.

새벽

대전 복합터미널의 마지막 승차권은 밤 12시 서울 행 티켓이다. 스마트폰이 없던 시절, 막차를 놓친 것이 분명한 한 사내와 담배를 같이 태운 적이 있다. 대전역으로 가세요. 새벽 2시 40분에 막차가 있습니다. 평일이었고, 그때도 지금처럼 5월이었다. 급하게 화색이 돌기 시작한 사내가 부담스러울 정도로 감사의 말을 계속 전해왔다. 그런데 대전엔 무슨 일로 오셨습니까. 장례식이 있어서요. 친구 아버지께서 돌아가셨거든요. 그런 대화들이 오갔다. 그러니까 대전의 모든 교통편이 끊기는 2시 40분경부터 첫 차가 다니는 6시까지가 내게는 새벽이다. 이런 정의대로라면 새벽은, 도시마다 다를 것이다. 새벽은 그런 것이다. 사람마다, 상황마다, 계절마다 달라지는 어떤 것.

분명히 달라지는 어떠한 것을 달라지지 않는 고정불변의 것이라고 믿는 데서 오만이 오고 편견이 오고 마침내 폭력도 오는 것 같다. 다행이지 않은가. 나의 새벽과 너의 새벽이 다르다는 것이. 다행이지 않은가. 그 '다름'이 있어서 비로소 '나의 자리'가 아니라 '너의 자리'가 탄생한다는 것이.

엄마 스마트폰 세팅하기

먼저 엄마의 '이상한 두려움'부터 달래야 한다. 올해 예순넷의 엄마. 컴퓨터나 스마트 기기를 능숙하게 다루지 못하는 엄마는, 그런 기기들에 대해 약간의 두려움을 가지고 있다. 2014년 가을의 입구, 2G 폰을 계속 쓰겠다는 엄마를 앞장세워 기어이 스마트폰 매장으로 이끌고 간 건 그때도 내 쪽이었다. 3년 가까운 시간이 흐른 지금, 엄마의 마음에서는 두 가지 사정이 서로 다투는 것 같았다. 이제 겨우 익숙해진 스마트폰에서 다른 기계로 바꾸는 두려움과 기계의 너무 늦은 작동 속도가 주는 짜증스러움.

늦은 오후, 다시 엄마를 앞장세워 스마트폰을 바꾸러 갔다.

액정이 깨진 지 1년이 넘어가는 나의 것도 같이 바꿀 요량이었다. 내가 다 세팅해줄게 엄마, 요즘 스마트폰 다 똑같아, 같은 삼성 걸로 하면 되잖아, 따위의 말들로 엄마를 안심시켰다. 그렇게 엄마는 '포로 아닌 포로'가 되어, 나의 손에 이끌려 다시 핸드폰 매장에 갔다.

다섯 살부터 친구로 지낸, 재광이가 휴대폰 팔아 밥 벌어 먹고 사는 동네까지 택시로 이동했다. 20분 남짓, 엄마의 얼굴에는 두려움과 설렘이 묘하게 공존하고 있었다. 핸드폰 바꾸러 가유, 하고 택시 기사에게 특유의 걸쭉한 충청도 사투리를 쓰는 걸 보니 기분이 나쁘지는 않은 것 같았다.

한산한 가게에서 먼저 내 폰을 교체했다. 많은 생각이 오갔다. 무엇보다 저 핸드폰은 '그 일'을 기억하고 있다. 가을에나 핸드폰을 바꾸겠다는 엄마를 집요하게 설득한 이유에는 기존에 쓰던 핸드폰이 지긋지긋한 마음도 간섭하고 있었다. 이것저것 필요한 애플리케이션을 깔고 있는데, 엄마 폰이 개통되었다는 얘기를 친구가 건넸다. 내 것은 일단 제쳐 두고 엄마 폰을 만졌다.

일단 필요 없는 앱들을 지웠다. 이것저것 다 지우고 일단 카카오톡 앱을 깔았다. 그리고 네이버. 그리고 페이스북. 그리고 네이버 메모. 그리고⋯더 설치할 것이 없었다. 더 설치할 것이 없다는 것을 자각한 순간 알 수 없는 먹먹함이 몰려왔다. 이를테면 이 단순한 구조의 스마트폰이 엄마의 삶을 압축하고 있다는 생각이 스쳐 지나갔다. 축약할 대로 축약하고 생략할 대로 생략해서 더 이상 축약과 생략이 불가능한, 그런 삶. 그러니까 다시, 스마트폰에 엄마의 삶을 비유하면 최근에 시작한 페이스북이 사치라면 사치겠다. 울컥, 울대를 치밀어 오르는 무언가가 느껴졌다. 담배 좀 피우고 올게, 급하게 밖으로 나갔다.

유리문 안으로, 엄마가 새 휴대폰을 들고 방긋 웃고 있었다. 소나기가 시작되고 있었다.

짙다

당신의 슬픔이 나의 슬픔을 덮는 날도 있었을 것이다. 그림
자가 그림자에 포개지듯이.

짙다.

너의 자리

늦은 밤, 같이 시를 공부하는 학생과 긴 대화를 나눴다. 카카오톡 대화 창으로 내가 할 수 있는 말을 열심히 해줬다. 시를 1년 정도 쓴 이 남학생은 경제학과를 다닌다. 이 친구는 '낯설게 하기'가 무엇인지도 모른 채 시를 쓰기 시작했다. 이 친구는 '시적 거리'가 무엇인지도 모른 채 시를 쓰기 시작했다. 사실은 나도 잘 모른다. 너는 왜 시를 쓰려고 하니, 나의 질문에, 써야지 살 것 같다고 했던 것 같다. 그래서 쓴다고 했던 것 같다.

이 친구의 언어는 이제 막 '관념'에서 '물질'로 넘어가고 있는 것 같다. 언어를 물질이라고 생각하고 써 보라고 했다. "나는 지금 슬프다"는 관념이고 "나무의 초록이 네 안으로 떨어진다"

는 물질이라고 했다. 피부에 와 닿도록, 최대한 피부에 와 닿도록 써 보라고 했다. 사실은 나도 잘 모르겠다. 언어가 왜 물질인지 나도 잘 모르겠다. 카카오톡 대화 창을 닫고 오래 생각했다. 그렇다면 왜 언어를 '물질'에 가깝게 써야 하나, 라는 어려운 질문이 안에서 계속 맴돌았다.

시가 사람의 일을 다루는 것이라면 그것은 '관념'이 되지 말아야겠다고 쓴다. 내 이야기하자고 다른 사람 상처와 고통을 대충 훑는 일, 그러한 폭력은 사람과 사람 사이를 '관념으로' '피상적으로' 생각하고 느끼기 때문에 일어나는 일이라고 쓴다. "나는 지금 슬프다"라는 문장은 당신을 슬프게 하지도 못하고 기쁘게 하지도 못하고 나의 슬픔조차 슬프게 하지 못한다고 쓴다. "나무의 초록이 네 안으로 떨어진다"라는 문장은 너의 슬픔을 먼저 수락한 후 내가 슬플 수 있는 자리를 마련하는 윤리라고 쓴다. 감각이라고 쓴다. 태도라고 쓴다.

더 좋은 문장이 있을 것이다. 더 좋은 문장을 찾기 위해 시를 쓰는 것이겠다. 더 좋은 문장 같은 건 이 세계에 존재하지 않는다는 사실을 아프게 긍정하면서도 시를 놓지 못하는 것이겠다. 그것이 단지 문장의 일만은 아니라는 사실을 소스라치게 놀라며 깨닫는 순간이 있을 것이다. 그렇게 어떤 시간을 아무 것도 쓰지 못하고 지나는 시간이 있을 것이다. 그런 무기력한 시간을 다정하게 수락할 수 있을 때 겨우 '너'의 목소리가 들리고 겨우 너의 목소리에 내 목소리 하나 얹을 수 있다는 사실을 아프게 깨닫는 순간이 올 것이다. 이 모든 이야기는 나의 사정 이라는 사실을 당신은 이미 눈치 챘을 것이다. 너도 아직 멀었 어,라고 당신은 지금 속으로 나에게 이야기해주고 싶을 것 이다.

늦은 밤의 산책이 길어질 것 같다. 그런 밤을 당신도 지난 적 이 있을 것이다.

몌별

　지금은 잘 쓰지 않는 말이지만 몌별袂別이란 말을 어느 글에
선가 본 적이 있다. 소매袂를 잡고 작별한다別는 뜻인데 섭섭
하게 또한 아쉽게 헤어지는 상황을 소매에 기대어 말하고 있
다. 종일 에어컨을 켜 두었다가 환기를 좀 시키려고 문을 열어
두었는데 한 쌍의 젊은 연인이 30분 넘게 몌별 중이시다. 읽던
글을 멈추고, 희미하게 들리는 소리와 그들의 실루엣을 드문드
문 엿보고 있다.

　프랑스 속담 'l′amour passe le temps, et le temps passe l′
amour'라는 말을 직역하면 "사랑은 시간을 흐르게 하고 시간
은 사랑을 흐르게 한다"는 뜻이다. 그런데 나는 이 말의 의역

에 더 마음이 간다. "사랑은 시간을 잊게 하고 시간은 사랑을 잊게 한다." 사랑하는 와중에 있는 사람들에게 시간은 문득 소멸한다. 그러한 시간의 소멸이야말로 사랑의 위대함일 것이다. 하지만 어떠한 사랑도 시간을 이기지는 못한다. 사랑을 잊게 하는 시간은 '망각'의 다른 이름일 텐데 아무리 사랑의 '부질없음'에 대해 이야기한대도, 사랑이 갖는 절대적인 힘까지 부정할 수는 없을 것이다.

서로의 마음의 소매를 잡고 간신히 이제 막 서로의 몸끼리 헤어지려는 연인들의 귀여운 슬픔을 엿듣는 늦은 밤. 혹시나 내 방의 불빛이 방해가 되지 말라고, 서로의 소매를 더 오래 붙잡고 더 오래 서로 안타까워하라고 방의 불을 끄고 스탠드를 켜고 조용히 읽던 책을 다시 읽는 늦은 여름밤이다.

같이

    계절이 지나는 동안 자신에게 매달려 있던 나뭇잎 하나를 툭, 떨궈내는 어떤 나무 같이,

    상류에서 시작해 떠밀려온 물살이 계곡물에 발을 담그고 있는 내 발아래를 지날 때의 간지러움과 쑥스러움 같이,

    이제 막 처음, 한 여자를 사랑하게 된 까까머리 소년이 한 소녀에게 편지를 쓰려고 연필을 쥐는 것 같이,

    먼 공중에서 다시 공중으로 낙하하다가 툭툭, 내 방 창문을 건드리며 소리를 만들어 내는 빗방울들 같이,

    처음 술이란 걸 마셔 보려고 이제 막 술잔을 잡은 어떤 스무 살의 어떤 밤의 공기들 같이,

    오래 습작을 한 화가가 첫 전시회를 앞두고 그림을 다 걸고

자신의 오랜 붓을 쓰담듯이 만져 보는 것 같이,

그 화가의 연인이, 자신의 연인에게 선물할 꽃을 고르는 것 같이,

그 연인에게 꽃을 파는 꽃집 주인이 이 꽃이 좋겠네요, 하고 살짝 망설이며 건네는 것 같이,

마침내 전시실을 열고 들어서는 첫 손님이 방명록에 이름을 쓸 때, 화가와 연인이 그 필체를 같이 보고 있는 것 같이,

또 어느 중년의 습작생이 20년 넘게 시를 쓰다가, 매번 낙방하다가 이제 막 당선작으로 선정되었다는 통보를 받고 처음 피우는 담배의 연기 같이,

응급실에서 어느 환자가 겨우겨우 통증을 가라앉히고 커튼 틈으로 밝아오는 동 트는 푸른 하늘을 푸르게 바라보는 것 같이,

소의 눈망울 같이,

개망초 꽃의 떨림 같이,

개망초 꽃을 훑고 가는 바람 같이,

저기 먼저 앞에서 불고 있는, 자신이 사랑하는 바람을 쫓아 가는 늦은 바람 같이,

달에게 빛을 나누어 주고 저물고 있는 노을 아래 태양의 빛 밝은 후회 같이,

이제 막 처음 자신의 휴대폰을 갖게 된 소녀가 액정을 손가락으로 스윽, 문질러 보는 것 같이,

사랑해,라는 말을 처음 발음하는 어떤 청년의 쇄골 즈음에서 떨리는 근육들 같이,

공중을 만지고 있는 수평선의 긴 직선 같이,

그 아래 깊은 물속에서 자신의 지느러미로 물질하며 더 깊은 곳으로 내려가는 심해어의 눈망울 같이,

기억에도 리듬이 있으니까

사람을 기억하는 나의 우둔한 기억력은 대체로 질이 나빠서 어렸을 때부터 사람을 기억하기 위해 사람 한 명에 음악 한 곡을 대입하는 버릇을 가졌다. 그러니까 이런 식이다. 어떤 친구를 만나다가 같이 들었던 음악 한 곡을 그 친구가 좋아한다면 나는 그 친구 모르게 그 친구의 이름과 곡명을 내 마음에 심어 놓는 것이다. 그러니까 이승환의 〈천일동안〉을 유난히 좋아하던 어떤 친구 이름으로, 이제는 연락이 안 되는 그 친구와의 기억을 나는 유순하게 소환해 보는 것이다.

기억에도 리듬이 있다.

이유 없이 그 사람이 보고 싶을 때 모르게 짝 지어줬던 음악을 나는 반복해서 재생하는 것이다. 듣다 보면, 내가 기억하지 못하는 기억들이 그 사람의 이목구비를 복원해주고 같이 갔던 공간을 복구해주고 같이 있던 시간까지 소환해준다. 반대로 어느 날 거리를 걷다가 문득 그 음악이 들려오면 나는 그 음악에 홀연 잡아먹혀 그 사람이 잡아끄는 기억 속으로 들어가 보는 것이다. 기억과 그 사람과 음악과 같이 노는 것이다. 게으르게 노는 것이다.

"고통이 리듬을 타면 그것이 음악이다." 이 문장은 대학교 4학년 때 어쩌다 대학 문학상을 받고 내가 수상소감에 썼던 문장이다. 그때는 이 문장이 무엇을 의미하는지 몰랐다. 지금도 잘 모른다. 하지만 어떤 기억이든 고통이든 불행이든 그것이 리듬을 가질 수 있을 때 우리는 겨우 그 리듬으로 그것들을 견뎌낼 수 있는 것 같다. 물고기에게 물이 그러하듯이 또한 나무에게 공중의 공기와 햇빛이 그러하듯이.

어제 나는 어떤 사람에게 그 사람 모르게 음악 한 곡을 그 사람 모르게 선물해줬다. 가수 윤하가 리메이크한 〈오직 너뿐인

나를〉. 이 노래는 오로지 라이브 버전으로만 들을 수 있어서 그 사람을 훗날 기억하게 된다면 이 가수의 라이브 무대처럼 어떤 떨림과 어떤 '날 것'으로 기억될 것 같다. 사나운 기억들도 음악 안에서는 유순해지니까 기억에도 리듬이 있으니까.

사는 일은 라이브니까, 삶이라는 무대에서 떠는 일은 당연한 것이고 그 떨림이 피부로 남을 때까지 가수는 노래를 부르고 이른 금요일 저녁 나는 카페에 앉아서 액정 너머로 물끄러미 노래하는 가수의 노래를 들어 보는 것이다. 이렇게나 작은 평화로도 삶은 문득, 충만해지는 것이다.

울다

결핍에서 사랑은 울고 과잉에서 사랑은 더 크게 운다.

한편의 시에 대한 쓸모없는 잡생각들

평온

십년이 되니 덤덤하다
오빠 영원히 열여덟 살이다

— naliah

한 편의 시를 어떻게 읽어야 하는가. 정말 어려운 문제입니다. 하나의 예로, 국문학계에서는 〈진달래꽃〉을 어떻게 읽어야 하느냐는 해석의 문제로 아직도 논쟁이 있는 것으로 압니다. 가란 얘기냐, 가지 말란 얘기냐, 이게 핵심입니다. 저는 진달래꽃의 주된 정서가 "가지 마라, 이래도 네가 갈 수 있겠느냐"라고 생각합니다. 분명한 것은 이러한 독법도 그 시를 해석하는 정답일 수는 없다는 것입니다.

이 시, 〈평온〉에 한정해서 보면 우선 이 시를 사랑의 코드로 읽느냐, 가족의 코드로 읽느냐의 문제가 1차적으로 주어집니다. 가족의 코드로 읽으면 이 시는 의외로 단순해집니다. 여동생이 죽은 오빠를 그리워하고 10년이라는 시간이 지났습니다. 이 시간을 시의 화자는 평온하다고 말합니다. 물론 반어겠지요. 혈육이 죽은 슬픔이 평온일 수는 없습니다. 이렇게만 읽어도 이 시는 충분히 감동적입니다. 이 시의 화자를 '죽은 오빠'로 읽어도 그 정서의 깊이는 결코 훼손되지 않습니다. 죽은 사람이 말을 하는 것은 얼마든지 가능한 일입니다.

하지만 이 시를 사랑의 코드로 읽으면 상황이 좀 달라집니다. 첫째. '오빠'가 화자일 경우 이 시는 지난 풋사랑에 대한 후일담이 됩니다. 10년이 지났으니 오빠는 스물여덟이고 10년 전에 사랑을 통과했습니다. 평온하다는 것은 이제 나(오빠)는 너를 원망 없이 아름답게만 회상할 수 있다는 얘기겠지요. 하지만 이 시의 화자가 여성일 경우 상황은 훨씬 복잡해집니다.

서투른 열여덟의 오빠를 회상하는 여성 화자에게서 다분히 원망의 감정이 느껴집니다. 열일곱이거나 그 아래의 사랑은 서투름 그 자체겠지요. 나(여성 화자)는 이미 20대 중반에 와 있는데 너(오빠)는 열여덟 그대로입니다. 그때 헤어졌기 때문에 그 사람은 더 나이를 먹을 수 없습니다. 이것은 또한 바람이기도 하겠지요. 그렇다면 이 시의 화자인 나, 여성 화자는 과연 정말 덤덤할까요? 저는 이 '덤덤'이 반대로 읽힙니다. 마찬가지로 제목 '평온'도 반어겠지요. 10년이 지났는데도 나는 열여덟 철없는 '오빠'를 못 잊겠습니다. 나아가 그 사람이 도저히 잊히지 않아 다른 사람도 못 만나겠습니다. 잊는 것을 포기해서 '차라리' 평온합니다.

지나친 비약일까요? 모릅니다. 이 시를 쓴 사람이 던져준 문장은 단 두 줄입니다. 이 의문문 같은 두 문장을 던져 놓고 아무 말이 없습니다. 아무런 정답이 없다는 것. 그게 어쩌면 이 시의 비밀이고 이 삶의 비밀이겠습니다.

어떤 가위 바위 보

통 넓은 유리창이 좋아서 그리고 무심하게 놓여 있는 테이블들이 좋아서 며칠 찾고 있는 카페인데, 오늘은 재미있는 일이 있었다.

언제나처럼 아이스 아메리카노를 주문하고 계산을 하고 돌아서려는데 내 또래 여성이 갑자기 가위 바위 보를 하자고 하신다. 이런 저런 생각할 겨를도 없이 가위 바위 보, 하면서 손을 움직이기에 나도 엉겁결에 가위 바위 보. 내가 이겼다.

"제가 졌으니 과자를 드리지요."

여주인이 쿠키 두 개를 집어주셨다. 좀 당황스럽기도 하고 그 엉뚱함이 신기해서 대뜸 물었다. 제가 졌으면 어떻게 하시려고 했어요? 이 분 하시는 말씀이 참 재밌다.

"제가 이겼으니 과자를 드렸겠지요?"

이겨도 주고 져도 주는 그런 과자였구나. 통 넓은 유리창 바깥으론 비가 내리고 있었다. 그런 게임만 세상에 있었으면 정말 좋겠다. 이겨도 받고 져도 받아서 좋은 것이 아니라 어떤 마음을 주고받는 그런 게임 말이다.

그 작고 이상한 게임 덕분에 오후 내내 이상하게 기분이 좋다. 고마워요, 또 올게요.

그런데

아버지는 중요한 말을 할 때 늘 이야기의 입구에 날씨 이야기나 돌아가신 할아버지 이야기를 두곤 한다. "이제 곧 입춘이구나", "너희 할아버지는 담배를 정말 좋아하셨다" 등등.

그런 이야기를 하면 나는 아버지가 어떤 중요한 이야기를 하려고 준비 중이라는 걸 알고 자세를 고쳐 앉는다. 서로 이야기할 준비를 하는 것, 그게 어쩌면 시의 다른 이름인지도 모르겠다. 그런데 말이다, 아버지가 본격적으로 이야기를 시작할 때, 그때부터 내용이 중요해진다.

'그런데' 이전에, 아버지와 아들이 그날의 기분이나 그날의 컨디션 같은 것을 서로 조율하는 셈이다. '그런데'가 안 될 때는 말을 포기하는 것이 말에 대한, 그리고 타인에 대한 예의겠다. '그런데' 이전이 자세와 태도라면 그 자세와 태도가 갖춰졌을 때 대화든 침묵이든 서로 잘 지킬 수 있겠다.

그런데 이런 오후에는 아무도 가 본 적이 없는 어느 늪지대 끄트머리에서 다시 끄트머리로 그렇게 달팽이는 느리게 가고 있을지도 모를 일이다.

사랑아 미안해

정오를 막 지날 무렵, 아버지께 한 통의 카카오톡을 받았다. 올해 열여섯 살 강아지를 안락사 시키기로 어머니와 상의를 마쳤고 최종적으로 나의 의견을 묻는다는 아버지의 문자였다.

사랑이가 녹내장으로 눈이 먼 지는 벌써 8년. 복부 아랫부분에 종양이 있고 제대로 걷지도 못한다. 그리고 밤이나 새벽에는 너무 아파하면서 신음으로 어둠을 보낸다. 수의사도 방법이 없단다. 그렇게 몇 개월이 훌쩍 지났다.

그만 놓아주자는 아버지와 어머니. 여기까지 사랑이의 목숨을 끌고 온 것도 결국은 내 고집이었다.

봄에, 따뜻한 곳에 묻어주자는 아버지 말씀. 2분에서 3분 고통스러울 것이고 이젠 보내줘야 할 때라고도 했다. 그러세요, 아버지. 카톡 답장을 썼다가 지우고 다시 썼다가 지우고. 그렇게 오후가 지나가고 있다.

그런데 어쩌자고 휴일 산들의 등성이에서는 눈들이 녹지도 않고 빛나고 있는가. 그런데 어쩌자고 더 살아보자고 나는 안보이는 개의 눈을 더듬고 있는가.

이제 그만 보내줄게. 잘 가 사랑아. 미안해 사랑아. 사랑해 사랑아.

사랑이가 죽었다

사랑이가 죽었다. 준비는 단단히 하고 있었지만 그게 어제의 일이 될 줄은 몰랐다. 바깥으로는 1월의 차가운 공기가 세상의 모든 그림자를 몰고 와서 낮인데도 어둡다. 그리고 춥다. 사랑이가 죽었다.

요 근래 몇 달 아버지와 어머니, 그리고 나의 공통된 고민은 올해로 열여섯인 사랑이에 대한 것이었다. 이 녀석은 8년 전에 시력을 잃었다. 녹내장이었다. 사랑이의 녹색 눈동자를 형광 불빛 아래로 바라보면서 맞던 새벽들이 있었다. 다음은 뒷다리가 문제였다. 2년 전 즈음부터 다리를 절기 시작하는 이 늙은 개를 안고 지하실에 자주 갔었다. 가서, 뒷다리를 만져주면 이상한 소리 같은 것을 내게 건네던 녀석이었다. 인간으로 치면 일종의 '안마' 같은 것이었는데 중력에서 해방된 녀석의 다리를 만져주면 나도 사랑이도 그게 그렇게 좋았다. 그래도 어쩔 수 없는 일은 어쩔 수 없는 일. 다리를 절면서 사랑이가 눈 먼 시야로 저의 밥통을 찾아 헤매던 많은 새벽들의 어둠 덩어리를 가만히 봐야 하던 날들이 있었다. 그래도 안아주거나 만져주면 그 검은 눈동자로 세상의 모든 평화의 형용사들이 모이는 것 같은 그 느낌이 참 좋았다. 그런 사랑이가 죽었다.

돌이킬 수 없는 병증에 사랑이가 시달리고 있다는 것을 확인한 것은 대략 3개월 정도 전. 한밤중의 잦은 신음이 다리 탓이겠거니 짐작만 하고 있다가 수의사에게 데려간 것은 어머니였다. 그날 밤에 어머니는 많이 우셨다. 암세포가 사랑이의 몸 안에서 자라고 있다는 사실을 확인하고 돌아오신 밤이었다. 당뇨도 있다고 했다. 오래 못 살 거라고도 했다. 사랑이가 죽었다.

2017년 10월, 아버지와 어머니, 나, 그리고 사랑이, 넷이서 대천 바다로 짧은 여행을 갔다. 서로 말은 안 하고 있었지만 우리 가족들은 그것이 사랑이를 보내기 위한 '애도 여행'이라는 것을 잘 알고 있었다. 볕 좋은 가을 오후, 눈 먼 개를 백사장에 부려놓고서 우리 가족은 사랑이를 가만히 지켜보고만 있었다. 눈 먼 개는 먼눈으로 바다 쪽을 바라보고만 있었다. 꼼짝 않고 그냥 있었다. 파도 소리가 무서웠을까. 물새들의 소리는 어땠을까. 오로지 소리와 오로지 촉감으로 그리고 통증으로만 세계를 느끼는 일은 어떨까. 그래도 엄마 품에 안겼다가 다시 내 품에 안겼다가, 사랑이는 정확하게 우리 '가족'이었다. 그런 사랑이가 죽었다.

2018년으로 해가 바뀌면서 사랑이의 상태는 눈에 띄게 나빠졌다. 어머니가 춥지 말라고 가져다 놓은 작은 전기장판 위에서 사랑이는 꼼짝도 하지 않았다. 그리고 잦은 새벽 신음 소리. 그리고 곡기를 아예 끊어버린 녀석의 식탐. 그리고 간간히 눈이 내렸다. 나는 사랑이를 안고 지하실에 가서 뒷다리를 만져주며 혼자 울곤 했다. 소리는 내지 않았다. 가족들 모두 마음의 준비를 하고 있었다.

도저히 그 모습을 못 보겠는지, 결심을 한 건 아버지 쪽이었다. 아버지가 '안락사'라는 말을 꺼내셨다. 나는 발작을 하듯

짧게 탄식을 내뱉었고 어머니는 모든 것을 포기한 표정으로 마늘을 다듬고 계셨다. 식구들 사이로 잦은 다툼이 오갔다. 끝까지 살게 해주자는 건 내 쪽이었고, 사랑이 편하게 보내자, 아버지가 자주 말씀하셨다. 어머니는 아무 말도 하지 않으셨다.

어제 저녁, 외출했다가 집에 돌아오는 길, 편의점에 들러 사랑이가 그나마 먹던 유아용 소시지를 몇 개 사서 담배를 한 대 피우고 집으로 들어갔다. 어머니의 눈에는 눈물 자국. 아버지는 그런 어머니를 안타깝게 쳐다보고만 있었다. 나는 본능적으로 사랑이가 있던 자리로 시선을 돌렸다. 사랑이가…없다. 아버지는 사랑이가 엄마 품에 안긴 사진 몇 장을 찍어주시고 안락사를 시키러 혼자 다녀오신 모양이었다. 옥천 양지 바른 곳에 묻어주셨다고 했다.

양지 바른 곳…그리고 1월의 차가운 공기. 그리고 1월의 진눈깨비. 그리고 보이지 않고 들리지 않고 만질 수 없는 어떤 통증이 투벅투벅 공중을 떠다니고 있었다.

사랑이가 죽었다. 소시지 몇 개를 책상에 얹어놓고 나는 물끄러미 앉아 있다.

사랑이가 죽었다.

손바닥

마주치지 않고 손바닥에서 소리가 나는 방법이 있는데 손바닥이 슬픔이나 우울 같은 곳에 닿을 때 그렇다.

가만히 손바닥을 보고만 있어도 마음에서 자꾸 소리가 난다. 마음이 내는 소리가 아니라 그냥 마음 소리.

물끄러미 손바닥만 쳐다봐야 할 때가 정말 있다.

반려악기

어제는 반려식물이라는 단어를 우연히 봤고, 오늘은 반려악기라는 말을 우연히 봤다. 반려라는 말이 그러한 것처럼 다른 대상들과 두루두루 잘 어울리는 단어구나, 생각했다. 두 단어를 보는 동안 피 말고 다른 것이 혈관에 흐르는 느낌이다. 어떤 단어는 머리로 오는 것이 아니라 피부로 바로 온다. 와서, 혈관에 흐른다. 반려라는 말이 그러한 것처럼 두 단어가 내내 따라다닌다. 혈관에 흐르는 것처럼 어제 오늘 내내 몸 안에서 머물고 있다.

나에게도 반려악기가 있다. 그게 반려악기인지 몰랐지만 이제부터 반려악기라고 부를 것이다. 'YAMAHA'라는 로고의 흰

색 칠이 희미하게 남아 있는 낡은 전자 피아노. 나는 그걸 가지고 있다. 그게 내 반려악기다. 마음이 내 마음이 아닐 때, 진창일 때, 고요해지고 싶을 때, 이제는 지하실에 있는 그 피아노로 홀린 듯 찾아가 앉는다.

피아노는 초등학교 2학년 때까지 배운 정도여서 잘 치지는 못하지만 그래도 화음 정도는 넣을 줄 안다. 손이 이끄는 대로, 감정이 이끄는 대로, 아니면 그날의 날씨가 이끄는 대로 피아노 건반을 양손으로 만지다 보면 처음엔 내가 피아노를 시작했지만 피아노가 나를 이끌고 간다. 짧게는 30분에서 길게는 1시간까지, 제법 곡의 형식을 갖춘 멜로디도 가지게 되었다. 언젠가, 반려동물 사랑이를 앉혀 놓고 그 곡을 1시간 넘게 만진 적이 있다. 그게 아마도 악기의 힘일 것이다. 그게 아마도 반려의 힘일 것이다. 처음엔 내가 시작했지만 나를 기어이 이끌어서 나를 기어이 살게 해주는 것, 나를 기어이 어느 순간 바깥에서 있게 해주는 것.

'반려'는 '함께한다'는 말이다. 함께한다는 말에는 '같이'가 있을 뿐 내가 그 대상보다 우월한 위치에 있다는 말이 없다. 우리는 자주 '반려'와 '소유'를 착각하는 것 같다. 정확히 내가 그랬었다. 곁에 같이 있어 주는 것을 소유하고 있다고 착각했던 것 같다. 소유하겠다는 생각이, 많은 경우 폭력으로 이어진다. 저 것이 내 것이 아니라고 수락할 때, 저 사람이, 저 대상이 하나의 독립적 개체라는 사실을 다정하게 받아들일 때 비로소 '같이'는 가능해진다.

반려악기 피아노를 오래 만지지 않았다. 오늘은 낡은 전자 피아노 앞에서 가만히 앉아 있어야겠다. 내내 울며 건반을 만지던 지난 시간들 앞으로 가만히 있어 주던 피아노를 만져야겠다.

악기가 둥둥, 떠오를 때까지.

피아노에서 문득 소리가 아니라 다른 것이 들릴 때까지.

바닥

정말 바닥일 때, 바닥으로 추락하고 있을 때 당신은 고통에 대한 감각과 함께 어떤 단어를 상실한다.

당신이 비로소 '힘들다'는 말을 누군가에게 할 수 있을 때 당신은 회복하고 있는 것이다. 힘들다고 말할 수 있다면 당신에겐 아직 버틸 힘이 남아 있는 것이다. 상실했던 단어를 되찾았다는 것은 잊고 지냈던 감각이 당신에게 다시 돌아왔다는 말일 테니까.

계란 후라이

요 근래 내가 들은 가장 아름다운 에피소드는 이런 것이다.

한 사내가 밤늦게 집에 들어갔더니 누군가가 계란 후라이를 해주겠다고 말했다는 것. 그게 너무 고맙고 또 설레서 거실을 왔다 갔다 하면서 페이스북 포스팅을 하고 있다는 것.

동갑내기 친구 이야기다.

계란 후라이 하나로 주고받는 마음들이 내내 마음에 남아서 나는 저 포스팅을 저장해 두고 마음이 사나울 때마다 꺼내 보는 것이다. 좋은 마음들은 전염력도 좋아서 나도 '거실을 왔다

갔다' 하는 마음과 동석해서 저 에피소드의 가장자리쯤에 앉아서 노릇노릇 익고 있는 계란 후라이를 같이 기다려 보는 것이다.

좋은 마음은 참 좋겠다. 좋은 마음 자체로도 이미 좋은데 누군가가 또 좋아해줘서.

타임 파크

같은 공간을 반복적으로 오가다 보면 그 공간도 혹시 언어를 가지고 있는 게 아닐까, 하는 생각을 종종 하게 된다.

이 작은 공원으로 사계절이 드나들고 계절마다 다른 무늬와 다른 리듬으로 여러 사정의 마음들을 읽어주는 걸 보면 이 작은 공원도 언어를 가지고 있는 게 아닐까.

그렇다면 이 작은 공원은 아무 말 하지 않는 언어로 그 많은 말들을 받아주느라 얼마나 침묵이 괴로울까, 그러한 괴로움으로 잎들이 단풍 들어 저렇게 떨어지는 게 아닐까, 떨어진 모습만으로도 아름다울 수 있는 것은 그 많은 언어들을 속으로만 삼켜서가 아닐까.

또 그렇다면 침묵과 침묵으로 오가는 언어들은 아무것도 다치지 않게 하는 언어라서 스스로를 지키고 타인도 지키게 하는 것이 아닐까, 하는 어지러운 생각들을 인간의 언어로 겨우 중얼거려 보는 일요일 오전에 가만히 앉아 있어 보는 것이다.

아름답다는 것

40대 후반의 남자 카페 사장님이 창문 바깥을 보면서 오래서 계시기에, 내가 무슨 고민 있으세요,라고 물었더니 이 분 하시는 말씀이 걸작이다.

"매일 노을은 저렇게 지나가는데 그 시간에 아무것도 할 수 없다는 게 죄스럽네요."

가만히 생각해 보면 아름다운 것들은 죄책감을 느끼게 하는 것들이다. 자신이 아름답지 못하다는 사실을 인정하는 것, 어쩌면 그 작은 수락에서 아름다움은 겨우 탄생하는 것 같다.

연애편지

네가 누군가와 얘기를 하거나 네가 다른 곳을 볼 때 훔쳐본 너의 눈동자. 어떤 영혼은 눈동자를 거처로 삼는 것 같단다. 나의 시야에 네가 들어올 때 세계는 문득 맑고, 청량하고, 믿을 수 없는 조도를 갖는단다. 나는 왜 이렇게 네 눈동자가 좋을까. 어떤 영혼은 눈동자에서 저의 생애를 시작하는 것 같단다.

맑고, 청량하고, 믿을 수 없는 밝기를 가진 네 눈동자도 지옥 불을 만나고 치욕을 견디고 마침내 네 자신 속의 짐승을 본 적이 있었겠지. 네가 보았던, 네 눈동자로 기어들어 갔던 모든 수모와 고통을 나도 문득 보아버린 것 같았단다. 사랑은 어쩌면 다른 고통을 같은 리듬으로 앓는 일이 아닐까. 내가 좋아하는 너의 맑은 눈에는 슬픔이 있단다. 슬픔이 머물다 간 흔적이 없는 것들을 나는 사랑할 수 없단다.

저의 오후를 다 지나 보낸 늙은 저녁 개의 눈동자.
온통 잿빛인 벽과 벽과 벽으로 난 단 하나의 창문.
내가 사랑하는 어떤 시에서 빛나던 단어 하나.
그러니까 백사장을 뛰어가는 한 마리 검은 개.
내가 사랑하는 눈동자의 목록들.

너에 대해 아는 것이 없어 쓸쓸한 오후, 바람이 지나간다, 햇빛이 떨어진다, 그늘이 떨린다, 그곳으로 너의 눈동자가 또 웅덩이를 만들고 있겠다. 사랑하면 안 되는 사람을 사랑한 죄로 자신의 눈을 찌른 사내가 내 안에는 또 살고 있어서, 바람이 지나간다, 햇빛이 떨어진다, 나의 그늘로 식물들이 마르고 있다.

단 하나의 눈동자를 상상하는 오후가 지나고 있다. 네가 쳐다보지 않으면 나의 시간들은 죽고 말아, 떨림과 불안 사이에서 내가 생각하는 단 하나의 눈동자. 오늘은 그리로 해가 지겠다. 밤도 오겠다. 네가 없는 시간의 너의 눈동자가 나의 오후를 대신 지켜주고 있단다. 너의 눈동자를 상상하며 나는 간신히 견디고 있단다.

키보드의 날씨

멍하게 있다가, 손가락이 키보드에 닿아서 비로소 몸을 얻는 문장들이 있다. 손가락이 기억하는 나의 생각들이 있다. 그러니까 손으로(몸으로) 쓴다는 말이 은유가 아닐 때가 있다. 손가락, 내 몸의 최전방.

창문 바깥의 날씨가 타인들의 날씨라면 키보드의 날씨는 내 몸의 일이다. 어떤 날엔 키보드가 손가락에 연결된 내 몸의 일부 같고 어떤 날엔 이물스러워 자꾸 오타를 낸다.

오늘은 키보드가 유순하게 손가락에 붙는다. 많이 써야겠다.

책 선물

책을 선물로 주고받는 것은 서로에게 각별한 일이다. 누군가의 고민을 듣다가, 보다가, 이 사람이 이 책을 읽으면 마음의 짐을 좀 덜 수 있겠구나, 하고 고민하다가 책을 선물한 적이 몇 번 있다. 책 한 권으로 전할 수 있는 어떤 마음들이 있다.

선물 받는 입장에서도 책은 특별한 것이다. 왜 하필 이 책일까, 로 시작해서 이 책을 선물하기까지 나의 마음을 살폈을 그 사람의 마음, 그런 것들이 온전히 내게로 오는 것이다. 책은, 나무에서 온 것이니까 나무가 그러한 것처럼, 그 사람의 마음이 나무로 와서 다그치지 않고 나의 마음을 지켜봐주는 것이다.

책 선물을 받으면 그래서 다치지 않게 책장에 오래도록 꽂아둔다. 제목만 보면서, 디자인만 보면서 내가 모르는 어떤 마음들을 혼자서 상상해 보는 것이다.

이제 나에게 책을 선물하는 사람은 없다. 한꺼번에 어디로 사라진 것일까. 당신들은 없고 당신들이 선물한 책만 남은 자리에서, 내가 당신들 모르게 골라뒀던 책들을, 가만히, 만져보는 시간들이 지나가고 있다.

사라졌으니까, 사라져서 더 간절한 어떤 마음들을 나 혼자 더듬어 보는 것이다. 혼자서, 그 사람들에게 선물하고 싶은 책들을 골라 보는 밤들이 조용히 길어지는 것이다.

반복을 견디는 일

일요일과 월요일의 경계, 페이스북의 타임라인에는 이상한 불안감 같은 게 떠돈다. 매주 반복되는 이 요일의 이 시간은 당도할 때마다 다른 질감을 준다. 그러니까 일요일과 월요일 사이는 어떤 호기심 많은 신이 인간에게 던져준 이상한 시간 같다. 이상한 시간에, 이상한 곳에서 깨어 있는 기분은 나쁘지도 좋지도 않다. 카페 문을 열면 바람이 제법 분다. 하나의 계절은 무기력한 농담처럼 지나갈 것이고 또 하나의 계절은 마찬가지로 무기력한 인사처럼 찾아올 것이다. 인간은 반복을 견디는 일이 가장 쉽고 또한 반복을 견디는 일이 가장 어려운 것 같다.

사랑하기에

1993년, 중학교 3학년 때 노래방이라는 데를 처음 갔다. 그날의 신기함과 설렘과 충격은 지금도 생생하다. 그날, 친구들과 돌려가며 노래를 불렀던 마이크의 촉감을 나의 손은 지금도 기억한다. 처음 노래방에 갔던 그때, 내가 처음 불렀던 노래는 이정석의 〈사랑하기에〉였다. 네이버에 검색해 보면 1987년 5월 1일에 발매되었다는 정보가 뜬다. 그러니까 초등학교(국민학교!) 고학년 시절 '가요'라는 신기한 세계를 처음 접한 소년은 사춘기를 겪는 내내 이 노래를 흥얼거린다. 소년이 도무지 알 수 없는 한 가지는 도대체 왜 '사랑하기에' 떠나느냐는 것이다.

이 노래의 가사가 제시하는 상황은 대략 이렇다. "하얀 찻잔을 사이에 두고" 남녀는 어느 다방(으로 추측되는 공간)에서 마주 앉는다. 여자 쪽에서 먼저 헤어지자고 했을 것이다. 남자 쪽에서 왜 헤어지냐고 물어봤을 것이다. 여자가 하는 말이 기가 막힌다. "사랑하니까." 이런 경험은 누구나 한 번쯤 통과했을 법한, 어쩌면 우리의 '공동의 기억'이다. 사랑해서 헤어진다는 말이 핑계일 수도 있고 아닐 수도 있다. 우리는 살아가면서 본인의 이야기든 지인의 이야기든 아니면 영화 속 이야기든, "사랑하기에" 떠나는 연인들을 충분히 많이 본다.

복잡한 사정은 헤어짐을 '당하는' 쪽의 것이다. '네가 싫어서'도 아니고 '네가 싫증나서'도 아니고 '네가 지겨워서'도 아니다. 사랑하니까 떠난다는 것, 사랑하니까 그만두자는 것이다. 이때, 헤어짐을 당하는 쪽이 선택할 수 있는 것은 대략 두 가지다. 매달려 보는 것. 아니면 쿨하게(!) 보내주는 것. 이정석의 〈사랑하기에〉는 적어도 겉으로는 '보내주는' 쪽을 선택한다. 하지만 그 속사정까지 그렇게 쿨할 수는 없는 법이다. ("날 사랑한다면 왜 떠나가야 해/ 나에겐 아직도 할 말이 많은데.") 요즈음의 (2010년대) 가사였다면 시시콜콜 가사 안에 그 사정을 이야기했으리라. 푸념 섞인 말로 "요즘의 가요들은 너무 직설적"이라고 친구들과 가끔 술자리에서 이야기하곤 하는데, 80년대와 90년대 가요의 특징은 무엇보다 '생략'에 있다고 해야겠다. 이야기(어떤 가사 안에든 이야기는 존재한다)를 뚝 잘라서 한 부분이나 많아야 몇 부분만 보여준다. 그때 발생하는 것이 상상력이다. 이 상상력은 이정석 특유의 감미로운 목소리, 그리고 절제된 반주와 결합하면서 이상하게 맑고 청아한 음악을 탄생시킨다. 이별이라는 극한의 고통이 감미로운 목소리에 담길 수 있다는 것은 그 자체로 사랑이라는 복잡한 사정의 은유이기도 하다.

아직 사랑이라는 감정이 어떠한 것인지 정확히 이해할 수 없었던 소년은 카세트에서 흘러나오는 가사를 유심히 듣는다. "사랑하기에 떠나신다는 그 말, 나는 믿을 수 없어요", 따라 부른다. "미이이들 '쑤' 업써요오."

떠나는 쪽과 떠남을 당하는 쪽의 대비적인 사정은 우리 시에서도 많이 나타난다. 아니, 이런 사정은 인류의 역사가 시작된 이래로, 구전口傳의 형식으로, 문학의 형식으로, 어쩌면 모든 예술 장르의 형식으로 지금도 계속되고 있다고 말해야 할 것이다. 축복일까, 재앙일까. 대체로 이러한 '어긋남'을 노래하는 쪽은 버려진 사람의 몫이 된다. 가장 비근한 예로 우리는 김소월의 〈진달래꽃〉을 이 노래의 조상쯤으로 삼을 수 있겠다. 김소월의 "나 보기가 역겨워 가실 때에는 죽어도 아니 눈물 흘리오리다"는 이정석의 〈사랑하기에〉에서 "정령 내 곁을 떠나가야 한다면 말없이 보내 드리겠어요"로 변주된다.

이 곡은 요즘도 가끔 노래방에 갈 일이 생기면 빼 놓지 않고 내 차례가 되면 불러본다. (우리는 이런 노래를 '고전'이라고 부른다.) "사랑하기에", 아니 사랑하니까 떠날 수도 있다는 사실을 너무나 잘 알아버린 이제 막 마흔에 접어든 사내는 이제 이 노래를 들으면서 울지 않는다. 바이브레이션까지 섞어서, "떠날 수밖에 없어요" 하는 사정을 열심히 부른다.

30년의 시차를 두고 이 노래를 다시 듣는다. 30년 후면 나는 70세가 된다. 시간은 무심하게 흘러가고 그 사이, 사랑하기 때문에 헤어지는 사람들은 여전히 사랑하기 때문에 헤어지겠고, 사랑하기 때문에 못 헤어지는 사람들은 여전히 사랑하기 때문에 못 헤어지겠고, 30년 후 어느 노래방에서 나는 친구들과 혹은 가족들과 혹은 누군가와 이 노래를 부르고 있을 것이다. "하얀 찻잔을 사이에 두고" 그렇게나 많은 시간이 흘러왔고, 흐르고 있고, 흘러갈 것이다.

부끄럽다는 것

광장 흡연구역에서 담배를 피우는데, 실성한 것처럼 보이는
한 여자가 너희들은 부끄러움이 뭔지도 모르는 인간들이다, 너
희들은 부끄러움이 뭔지도 몰라, 중얼거리고 있었다. 나는 부
끄러움이 뭔지도 모르는 인간으로 이상한 장면을 계속 쳐다보
고 있었다.

이미지 게임

대학 다닐 때, '이미지 게임'이라는 것을 하고 놀았다. 동아리나 국문학과 창작 학회에서 MT를 가면 꼭 그 게임을 했다. 게임의 구조는 간단했다. 먼저 2인 1조로 팀을 짠다. 건너편에 앉은 사람이 나의 팀원인 것이다. 여섯 명 정도가 적당한 이 게임에서 팀원끼리 마주 앉게 되면 대체로 세 명과 나머지 세 명이 마주 앉게 된다.

게임의 원칙은 이렇다. 하나의 큰 주제(가령, 사랑)를 두고 같은 편이 맞출 수 있도록 힌트를 주는 것이다. 단, 너무 직접적인 힌트는 반칙이 된다. (사랑이 주제인데 하트를 말하는 경우가 그렇다.) 그럴 경우, 벌주를 마시게 된다. 세 바퀴가 돌동안 아무도 맞추지 못하면 문제를 낸 사람이 이기게 되고, 누군가가 맞출 경우, 그 팀원을 제외한 사람들이 벌주를 마시게 된다. 말이 게임이지, 말이 벌주지 MT의 하이라이트는 단연 그 게임이었다.

이 게임의 장점은 오랫동안 같은 무리의 사람들과 게임을 하면 할수록 그 사람의 세계관이랄까, 그 사람이 사물과 대상에 대해, 그리고 세계에 대해 어떠한 생각을 가졌는지 알 수 있다는 점이었다. 어쩜 그렇게 모든 걸 부정적이게만 보니,라는 지청구를 듣는 것은 주로 내 쪽이었다. 대체로 향토적인 사람(시골 출신들이 대개 그랬다), 대체로 도시적인 사람(새침때기 서울 출신들이 대개 그랬다), 낙천적인 사람, 도무지 따라갈 수 없을 만큼 엉뚱한 사람까지. 밤이 새도록 그 게임을 하다가 진저리가 나서 아무렇게나 구겨져서 자고 학교로, 집으로 돌아가곤 했다.

가장 기억에 남는 일화는 나와 단짝이었던, 한 학번 아래의 후배와 연관된 에피소드다. 경기도 능내의 새벽 세 시. 주제는 '비'였다. 그때 마침 비가 내리고 있었다. 하나의 주제를 끝내고, 나와 그 후배가 '새로운 바퀴'의 시작점이 되었다. (모든 게임이 그러하듯이, 이 게임도 난이도를 높게 시작했다가 차츰 맞추기 쉽게 힌트를 던져주는 게 대체적인 흐름이었다.) 설마, 하고 내가 '중력'이라는 단어를 던졌다. 한 학번 아래의 그 녀석은 몇 분인가를 고민하다가(이 게임은 시간을 독촉하지 않는 게 또 하나의 원칙이었다.) 거짓말처럼 '비'라고 대답했다. 문제를 내는 쪽에 앉아 있던 세 명이 동시에 탄성을 질렀다. 감탄과 경이가 뒤섞인, 탄성. 힌트를 던진 내 쪽도 놀라기는 마찬가지였다. 녀석의 부연 설명은 간단했다. 진성이 형의 성향을 잘 알고, 밖에 비가 내리고, 아직 '비'가 안 나왔다는 거였다. 그래도 그렇지, 중력에서 비를 연상해 냈던 그 녀석의 대답은 지금 생각해도 소름 돋는 구석이 있다.

두런두런 둘러앉아서 '이미지 게임'이나 하고 싶은, 촐랑촐랑 술이나 한 순배씩 돌려가며 그렇게 노닥거리고 싶은 나른한 오후를 지나고 있다.

그런데 그 게임을 하던 친구들은 아직도 그 게임을 기억할까. 아직도 그 밤의 공기와 그 밤의 빗소리를 기억할까.

사랑은 시를 못 쓰게 하고 다시 사랑은 시를 쓰게 한다

1년 가까이 연락이 없던 옛 수강생 친구를 오랜만에 만났다. 연애한다고 한동안 시를 못 썼던 것으로 아는데, 보여준 시들이 눈에 띄게 좋아져서 무슨 일이 있었느냐고 물었다.

헤어졌다고. 그리고 시를 쓰면서 견뎠다고.

사랑은 시를 못 쓰게 하고 다시 사랑은 시를 쓰게 한다.

소창다명

소창다명小窓多明. 페이스북 친구 송기훈 선생님께서 들려주신 말이다. 많은 것을 생각하게 하는 단어다. 좁은 창으로 우글거리는 많은 빛을 상상한다. 황홀하다. 풍경과 대상이 문득, 내 안으로 들어와 나의 내면이 될 때가 있다. 이 말은 그러니까 어떤 '겸손'에 대해 말하는 것이 아닐까. 온 세상이 빛이어도 어둠인 사람이 있고, 작은 창의 조그만 불빛이어도 밝은 사람이 있다. 결국은 태도와 시선의 문제. 너는 작은 창문을 열었고, 그 창문으로 많은 빛이 쏟아진다. 네가 창문을 열어서 나의 시선이 존재하는 것이지 내가 바라보아서 빛이 있는 것이 아니다. 나는 이 말을 그렇게 해석하고 싶다. 삶의 '지표'로 삼을 만한 말인 것 같다. 충분히.

잠

잠은 왜 '오는' 걸까.

그러니까 잠이 주인이지 내가 주인이 아니란 얘기. 기다려야한다는 얘기. 겸손해져야 한다는 얘기.

이틀 밤을 꼬박 새우고도 오지 않는 잠, 기다리며 사람의 '태도'에 대해 생각해 본다. 겸손한 사람에게는 잠도 잘 올 것이다.

겸손해지자는 얘기. 잠이 올 때까지 겸손에 대해서만 생각해보자는 얘기.

당신도 뒤척이지 말고 잘 잤으면 좋겠다는 얘기.

무혐의

작은 화분의 이파리 하나가 옆으로, 마찬가지로 작은 화분의
작은 흙으로 툭, 하고 떨어진다.

새벽 네 시는 그런 것들이 보이고 들리는 시간이다.

무고

비가, 진통제처럼 내린다.

퇴고

안 자고 뭐하느냐는 친구의 카톡에 '페이스북에 올릴 글 퇴고하고 있어' 했더니 나더러 이상한 놈이란다. 뭘 그런 것까지 퇴고를 하느냐는 뜻이겠다.

글을 '쓰는' 것이야 나 좋자고 하는 일이지만 그 글이 누군가에게 읽힐 글이라면 못난 부분 다듬고 어색한 부분 고치고 잘못 쓴 부분 바로잡는 건 이상한 일이 아니다.

늦은 밤의 친구야. 나는 가끔 너에게 보내는 문자도 퇴고를 해서 보낸단다.

타인의 삶

　자신이 생각하는 '옳은 일'을 위해 타인의 삶을 무차별적으로, 마구잡이로 소비하고 파탄 내는 일은 20세기 이전에 대부분 '옳지 않은 일'로 역사에 기록되었다. 혁명 상황에나 가능했던 일인데 지금을 혁명이라고 아득바득 우기면서 자신이 혁명가가 되려고 하니 시대도 자신도 불행해진다. 그런 불행은 그리고 쉽게 오염된다.

　시류에 편승해서 자신의 영욕을 채우려는 요즈음의 어떤 '불온한' 사람들을 두고 하는 말이다. 자신의 정당성을 오로지 타인의 삶의 부당함에서 찾는 일은 지독하게 위험한 일이다. 타인의 삶은 그렇게 쉽게 판단할 수 있는 것이 아니다.

살고 있다

우리의 일상을 적는 방법을 크게 나누면 두 가지가 있겠습니다. "나는 살고 있다" 혹은 "나는 죽어가고 있다", 같은 현상을 지시하지만 정반대의 문맥입니다. 이것은 태도의 문제에서 기인하는 것이겠지요.

무턱대고 긍정하는 일이 무모하고 허황된 만큼 무턱대고 부정하는 일은 마찬가지로 허무한 만큼 또한 공허하겠지요. 두 문장 사이에서 어떠한 것을 선택하느냐에 따라 일상이, 1년이, 어쩌면 인생 전체가 바뀔 수도 있겠습니다. 시에 대한, 문장에 대한 어떤 은유들은 그래서 정확히 삶에 대한 은유가 됩니다.

"죽어가고 있다"가 "살고 있다"로 바뀔 수 있다면, 그거 하나라도 수정해서 쓸 수 있다면 우리의 시도 삶도 '다른' 문을 만날 수 있을 것입니다. 저는 그렇게 생각합니다.

옥천

　최근에 인상 깊게 읽은 이야기는 어둠에 관한 것이다. 밤에
만 주로 활동하는 어떤 사내가 밤에는 잘 찾아다니던 길을 낮
에 움직이려니까 도통 방향도 길도 못 찾겠더라는 것. 이 에피
소드는 어떤 은유다.

　그래서 사내처럼, 더 어두워질 때까지 무작정 나도 기다리고
있다. 어둠에서만 보이는 문을 믿어야 할 때가 있다.

*

　완전한 어둠 속에서 야생 동물들이 지나다니는 소리를 듣고
있으면 문득 은밀하게 이 삶이 황홀해진다. 인간이 모르는 곳

에서 저희들끼리 저희들의 언어로 살다가 저희들만 아는 곳에서 삶을 마감하는 여린 동물들의 어떤 한 때의 소리들을 몰래 엿듣는 것이다. 홀연 어느 순간, 서로에게 아무것도 아닌 것이 되는 시간의 무기력한 농담 같은 것이 다정하게 들리는 것이다.

＊

어둡다는 것은 그래서 쓸쓸하게 자신에게 다정해지는 것이라고 혼자 중얼거려 보는 새벽이다.

산수화

산수화를 그리는 분께 언젠가 산수화에서는 바다를 어떻게 그리느냐고 여쭀다. 이 분 말씀이, 섬 하나를 그리면 나머지는 다 바다가 되지요, 하시는 거였다. 그리고, 구름을 그리면 나머지는 다 하늘이 된다고도 하셨다. 황홀한 말이다.

언어와 침묵이 사귀는 방식도 그러할 것이다.

조금 싸가지 없는 느낌으로

시를 너무 착하게만 쓰시는 한 분께 '조금 싸가지 없는 느낌으로 써 보세요' 하고 말씀드렸다. 우리는 우리가 생각하는 것처럼 착하지 않기 때문에 그렇고, '가짜―착함'과 '가짜―예쁨'과 싸우는 일이 시 쓰는 일 자체이기 때문에 그렇고, 자신과 싸우는 일과 병행되지 않은 '착하고 싶음'은 가짜이기 때문에 그렇다.

결국 나한테 하는 얘기다.

누구나 자기만이 아는 아픔의 리듬이 있다

꽃 핀 줄도 모르게 3월이 거의 다 갔다. 자주 가는 집 근처 공원 모퉁이로 형형색색의 꽃 몇 송이가 군락을 지어 피었다. 그 작은 공원 중에서도 내가 가장 사랑하는 시야가 있다. 몇 년 반복해서 쳐다보다 보니 그 각도로 눈을 두었을 때 나의 마음이 가장 평정심에 가까워진다는 것을 알았다. 그러니까 낮은 테두리(이 테두리는 자주 앉는 곳으로도 쓰인다)를 정면으로 보면 왼쪽으로는 시멘트, 오른쪽으로는 식물의 서식지가 보인다. 왜 이 구도를 좋아하게 되었는지 모르겠지만 그 이유에 대한 유추는 가능하다. 이를테면 인공과 자연의 사귐이랄까.

지나치게 인공적인 곳에서 느끼는 갑갑함과 지나치게 자연이 '팽창'한 곳에서 느끼는 이상한 두려움 같은 것이 내게는 있는데, 그 시야가 그 갑갑함과 그 두려움을 서로 상쇄해준다. 도시 안에서 자라는 나무들에 대한 이상한 경외감 같은 것이 내게는 있다. 너희들도 견디고 있구나, 그런 동질감. 죽지 않고 겨울을 건너서 다시 꽃이구나, 그런 반가움. 작은 나무들에 시야를 두고 오래 앉아 있었다. 서해 해상 파고 높음, 그런 글자들을 핸드폰 액정 너머로 보면서 그냥 가만히 앉아 있었다.

※

그 '시야'는 그러니까 내가 발견한 것이 아니라 오랜 시간을 두고 나에게로 달라붙은 것이다. 누구나 자신만의 각도가 있고 누구나 자신만의 기울기가 있을 것이다. 아무도 모르는 자신만의 어떤 비밀. 너무나 사소하고 너무나 보잘 것 없어서 누군가에게 말을 건네기도 무안한 그런 평온들. 친구들과 마주 앉아서 술 말고 차나 마시면서 그런 것들에 대해서 이야기를 해 봤으면 좋겠다. 어린 날 부모님을 따라갔다가 우연히 만난 낯선 친구에게 처음 자신의 이름을 말하고 낯선 친구의 이름을 듣는 아이들의 순간들처럼.

멀다. 어디서부터 멀어진 건지 모르겠지만 요즘은 시간들도 공간들도 참 멀구나, 그렇게 혼자 생각한다. 2016년 10월 이후로는 더 멀어졌다. 누구나 자신만이 간직하고 있는 생일이 있다. 2016년 10월 20일이 내게는 또 다른 생일이다.

*

그런 '생일'에 대해서 우연히 본 적이 있다. 고등학교 다닐 때 반 친구 한 명이 죽었는데 그 이후로 자신의 삶의 모든 것이 바뀌었다는 어느 분의 글을 본 적이 있다. 외상外傷과는 다르게 내상內傷은 느닷없다. 느닷없음과 돌이킬 수 없음이 내상의 내상다움일 것이다. 보이지 않는 자신의 내상과 보이지 않는 타인의 내상이 만나는 것. 관계란 그런 것이라고 생각한다. 상처와 상처가 만나는 일은 상처 자체를 치유해줄 수는 없겠지만 그 상처를 잠시 잊게 해줄 수는 있다. 책을 읽는 일은 어쩌면 누군가의 내면의 상처를 나의 피부에 이식시키는 일인지 모른다. 그런 잡생각이나 하면서 공원에 앉아 있었다. 꽃은, 그러니까 저 나무들의 상처가 아닐까, 생각하면서. 그렇다면 저 나무들의 붉음이거나 노랑이거나 주황은 나의 상처를 들어주고 있는 것이 아닐까, 생각하면서.

난데없이, 죽은 사람들의 얼굴이 지나가는 것이다. 햇빛 속에서, 죽은 사람들이 다시 한 번 죽으면서 햇빛 속으로 사라지는 것이다. 그리고 아프게 헤어진 어떤 사람이 또 지나가는 것이다. 마음의 시야는 대책 없이 넓어서 그 시야로 수많은 사람들이 다 들어오는 것이다. 들어왔다가 영영 사라지듯이—사라지는 일 외엔 아무것도 할 수 없다는 듯이—무작정 가버리는 것이다. 죽이고 싶을 만큼 미운 사람에 대한 미움도 그렇게 지나가는 것이다. 그 '사라짐'과 '지나감' 없이는 삶 자체가 불가능하다. 당신도 언젠가 살기 위해서 누군가를 용서한 적이 있을 것이다. 누군가도 살기 위해서 당신을 용서한 적이 있을 것이다. 그런 보이지 않는 마음들을 헤아려 보면서 작은 공원에 가만히 앉아 있었다. 지나갔고, 지나가고 있고, 지나갈 것이다.

누구나 자기만 아는 아픔의 리듬이 있다.

— 롤랑 바르트

그렇다면 누구나 자기만 아는 평온의 시야가 있다. 하찮고 보잘 것 없고 사소해서 누구에게도 차마 말할 수 없는 그런 시야. 이 세계를 지탱해주는 것은 그런 비밀의 시야들일 거라고, 잡생각에 잡생각을 더한 오후의 산책을 마치고 홀가분해져서 돌아오던 저녁이 있었다.

물끄러미, 가만히, 몰래

꼬박 밤을 샜다. 밤 아홉 시 조금 넘은 시간에 카페엘 왔으니 여덟 시간 꼬박 글을 쓴 셈이다. A4로 15장 분량, 원고지 120매. 짧은 단편 두 개 정도 되는 양이다. 모 인터넷 매체에서 무고 관련 서면 인터뷰 질문지를 보내 왔고, 최대한 성실하게 이것저것 진술하고 증언하고 되돌아봤다. 어떤 날짜와 어떤 사안에 대해서는 따로 자료를 찾아보지 않아도 될 정도인 것을 새삼 알게 되었다. 이를테면 피부나 신체기관 일부가 돼버린 어떤 시간들. 언어화되고 기호화된 상처는 더 이상 상처가 아니다. 상처 이후, 그러니까 몸의 일부가 돼버렸기 때문에 그렇고 반복을 통해 곱씹어서 아무 감정 없이 지나 갈 수 있게 되었기 때문에 그렇다. 무엇보다 망각의 힘 때문에 그렇다. 망각을 '하고', 망각을 '당하고', 그 망각의 힘으로 또 살게 되는 것 같다.

*

'텀블벅' 펀딩 준비를 거의 마쳤다. 지인 분께서 도와줘서 제법 순조롭게 진행할 수 있었다. 곧 링크가 생성될 것 같다. 강혁이 그림을 줬고, 산문집에 들어갈 원고 중 일부를 올릴 생각이다. 펀딩 시작하면 일러달라는 지인 몇 분이 계신다. 참 고마운 분들이다. 일산 사는 정아가 가장 열심이다. 나와는 열네 살 차이인 이 여자 아이는 2016년, 산문집 출간 계획이 철회되었을 당시 가장 아쉬워하고 안타까워했던 친구다. 어떤 늦은 밤의 울음이 섞인 통화. 나는 그때 대천에 있었고, 작은 바다 물새들이 밤바다에 둥둥 떠 있었다. 전화를 끊고 나는 물끄러미 그 새들을 쳐다보고만 있었다.

물끄러미. 가만히. 몰래.
이런 단어들을 좋아하게 되었다.

*

물끄러미, 가만히, 몰래 카페 창문 바깥을 쳐다보고 있다. 터미널 근방의 이 카페로는 다양한 사람들이 드나든다. 인천 공항으로 가는 것이 분명한, 캐리어를 동반한 사람들은 어떤 설렘으로 아침을 기다리고, 그 테이블 반대편으로 밤을 꼬박 새운 학생들 몇이 저희들의 졸음을 서로 나누고 있다. 저 학생들의 하루는 이제야 끝나는 것이다. 시간은 분명히 물리적인 개념이기도 하지만 분명하게 문학적인 개념이고 더 분명하게는 심리적인 물질이다. 나에게는 하루의 중간 지점이 누군가에게는 하루의 끝, 누군가에게는 하루의 시작이다. 터미널 근방의 카페는 그런 여러 겹의 시간들이 공존하는 곳이다.

*

언젠가 이 카페를 모티프로 시를 쓴 적이 있다. 〈물고기 토르소〉라는 작품인데 그 작품이 '그 일'이 터지기 전 마지막으로 발표한 작품이다. 발표. 낯선 말이 되었다. 지면에 연연하지 않고 글을 쓴다는 것은 생각보다 많이 어려운 일이다. 작품을 달라는 곳이 많지 않아도 계속 쓸 것이다. 발표하기 위해 시를 쓰기 시작한 것이 아니기 때문이다.

*

　악몽에 시달리다가 내가 악몽을 꾸고 있다는 사실을 깨닫고 (자각몽이다), 잠에서 어렵게 놓여 날 때가 있다. 악몽을 꾸면서 그것이 악몽이라는 것을 알고 있다는 것은 최소한 더 큰 불행으로 빨려 들어가지 않기 위한 몸부림이기도 하다. 지금의 시간이 악몽이라고 자각하는 사람에겐 대개 더 큰 악몽은 찾아오지 않는다. 악몽의 악몽다움은 자신이 그것을 악몽이라고 느끼지 못한다는 데 있다. 악몽의 악몽다움은 언젠가 그 악몽이 끝난다는 데 있다. 꿈이기 때문이다. 2018년 3월은 그렇게 기억될 것 같다. 악몽에서 깨기 직전의 가장 어두운 자리들.

*

　3월에는 꽃을 세 번 선물했다. 꽃 사러 왔어요, 꽃 주세요, 속으로만 그렇게 말하고 팔려고 전시해 둔 꽃들을 보고 있으면 묘한 기분이 든다. 온전하게 식물의 입장에서 야생으로 자라는 꽃들과 판매용으로 자라는 꽃들 중 어느 쪽이 더 (그러한 것이 있다면) 자신의 삶에 만족할까. 모를 일이다. 야생에겐 야생의 생태계가 있을 것이고 온실에는 온실의 생태계가 있을 것이다. 인간의 잣대로만 모든 것을 판단할 수는 없는 노릇이다. 인간의 관점이 아니라 인간-반대편의 사물의 관점에서 볼 때 세계는 더욱 풍부한 의미를 갖는다. 이를테면 내가 꽃을 사는 것이 아니라 저 꽃이 나를 선택했다고 상상하면 이 삶이 문득 황홀하게 느껴진다. 꽃을 사러 꽃가게에 갔을 뿐인데 어느 꽃에게 나는 선택된 것이다. 그 꽃은 나를 잠깐 경유해서 누군가에게 도착한다. 나는 경유지에 불과하다. 계절이 잠시 머물다 가는 자리, 그리고 타인의 시선이 잠시 머물다 가는 자리. 그렇게 생각하면 조금 겸손해질 수 있다. 나는 누군가가 겪는 우연에 불과하고 타인도 마찬가지로 내가 겪는 우연에 불과하다. 우연을 수락한다는 것은 겸손해진다는 것이다. 겸손하다는 것은 우연을 긍정한다는 것이다.

삶의 우연들을 사랑한다. 당신이 겪는 불행도 우연일 것이다. 우연히 왔으므로 우연히 또, 지나갈 것이다. 그렇게만 믿기로 하자.

춤

극과 극은 통한다는 말은 그냥 말장난이 아니다. 극단의 고통에 다다르면 알 수 없는 평화가 찾아온다. 언어를 알기 이전으로 회귀한 상태 비슷한 무엇. 모든 언어가 사라지고 느낌만 남는다.

불이 다 꺼진 방에서 혼자 춤추는 황홀은 그러니까 극단의 고통이 주는 선물 같은 경험이다.

가끔 혼자 불 끄고 방에서 춤을 춘다.

좋다.

밤 속의 밤

온라인 공간이지만 오래 사제지간으로 지내던 옛 학생에게서 한 통의 메일을 받았다. 미안하다고, 그 뉴스들이 가짜일 거라고는 상상하지 못했다고. 다시 연락하기 힘들었다고.

답 메일로 지금처럼 모르던 사이로 지내자고 그렇게만 썼다. 밤 속의 밤. 그냥 눈만 뜨고 멀뚱하게 있다.

가짜 뉴스와 허위 사실 유포의 해악은 정말 끝이 없다. 그 청년의 상처는 누가 보듬어줘야 하나. 나는 자신이 없다. 내가 모르는 누군가의 상처와 죄책감까지가 내가 평생 짊어지고 가야 할 짐이다. 긴 메일을 다 쓰고 보내기 버튼을 누르고 한동안 울었다.

밤 속의 밤을 또 지나가야 한다.

대천

바다에서 소리가 나는 이유는 바다에서 인간들이 상처를 쏟아내고 가서일 것이다. 생물의 소리 나지 않는 상처를 무생물의 물들이 받아먹고 있다.

다 받아줘서 바다다. 이런 시시한 농담이나 하면서 해변을 걷고 있다. 내용 없는 농담처럼 이 삶이 다정하게 아름답게 느껴질 때가 있다.

어떻게 꽃은 잎과 섞여

'그 일'이 있고 두 번째 봄이다. 꽃 피는 시절이다. 내게 첫 꽃은 단연 대전지방국토관리청 앞길의 벚꽃들이다. 열 그루 안팎의 도열한 나무들이 게워내는 벚꽃들은 언제나 신비로움 자체지만 올해는 유난히 다른 의미로 다가온다. "어떻게 꽃은 잎과 섞여", 이건 이성복 시인의 시 제목이다. 활자로만 지나치다가 그 활자가 지시하는 물성物性을 실제로 '감각'하게 되었을 때의 느낌은 사뭇 새롭다. 어떻게 꽃은 잎과 섞여 나무에 매달려 있을까. 어떻게 꽃이 있던 자리를 밀어내고 그 자리로 잎들이 들어설까.

'그 일' 이전과 이후로 정확히 양분된 이 삶에서 어떤 부분이 꽃이고 어떤 부분이 내게는 잎일까. 시간의 순서대로라면 '그 일' 이전의 삶이 꽃이고 '그 일' 이후의 삶이 잎이겠지만 정확하게 반대인 것 같다. '그 일'은 나에게 서른아홉에 찾아왔다. 20대와 30대를 막 끝내던 시점, 가을에 찾아왔다. 초록은 자신이 푸른지도 모르게 초록이듯, 초록은 자신이 영원히 초록인 것처럼 초록이듯 그 시절엔 무작정 떠돌았던 것 같다. 떠돌 이유 없이 떠돌던 날들이 대부분이었으므로 길 위에서 자주 목이 말랐다. 갈증 속의 갈증. 나무가 초록을 견디듯 초록도 나무를 견디지만, 나는 나 자신 하나 견디기도 버거웠던 것 같다. 초록의 시절을 이제 막 지나고 있는 것 같다.

꽃의 '꽃—다움'은 그것이 얼마 지나지 않아 진다는 데 있는지도 모른다. 봄날의 짧은 몇 날, 도로변에 매달려 애처롭게 떨고 있는 꽃잎들은 불완전한 어떤 삶의 정확한 은유다. 황량함에서 초록으로 건너가는 사이, 그 사이로 잠시 잠깐 형형색색으로 물드는 꽃들. 지금 머리 위로 그 꽃들이 잎들과 섞여 있다.

우리의 삶이 언제, 어디서, 어떻게 끝날지 우리가 모른다는 사실은 자체로 황홀일 수 있다. 꽃잎이 언제, 어디서, 어떻게 낙하할지 모르는 것처럼 우리는 삶이라는 나무에 매달려 있다. 꽃은 자신이 낙하하는 순간을 두려워하지 않는다. '낙하'라는 개념이 없기 때문이다. 이 생각을 더 몰고 가면 종국에는 '낙하'도 없고 '종말'도 없고 더 나아가면 '소멸'도 없다. 나무에서 피어나 흔들리면서 자신도 모르게 아름답다가 어느 날 툭, 하고 떨어져 나무를 버리고 흩날리며 자취 없이 사라지는 여린 꽃잎들은 정확하게 우리 삶을 은유한다.

잘못 나온 꽃도 꽃이듯이 잘못 들어선 삶의 불행도 소중한 이 삶의 어떤 지점이다. 꽃처럼 아름답지는 않지만 꽃처럼 그렇게, 그저 순간을 살 수 있었으면 좋겠다. 그렇게 생각하지 않으면 이 삶은 도저히 불가능하다. 다른 꽃을 탓하지 않고 한 나무에 매달려서 다른 꽃을 부러워하지 않고 삶이라는 가지에 매달려 있다가 홀연, 이 삶에서 떠나야겠다. 이후의 삶은 그렇게 어느 낯선 땅에서 저 혼자 피었다가 저 혼자 지는 한 나무의 꽃잎처럼, 그렇게 흔들리면서 그렇게 햇빛과 물을 받아먹으면서 살다가, 살아내다가 조용히 져야겠다.

언젠가 질 수 있다는 것은, 언젠가 부담스러운 시선들에서 자유로워져 사라질 수 있다는 것은 생각해보면 꽃에게도 인간에게도 큰 축복이다. 꽃과 잎이 마구 뒤섞인 벚나무 아래 서 있다. 그 벚나무에게로 시선을 다 주고 오롯이 벚나무가 되어 보는 4월의 어떤 날을 지나고 있다.

　살고 싶다.

선함과 측은지심

한 계절을 건너 만난 친구는 문득 '선함'과 '측은지심'의 차이를 생각해 봤느냐고 물었다. 측은지심은 결국 자신에게 향한 마음이겠고, 선함은 그 방향이 타인에게 있는 것 아니겠느냐고 생각나는 대로 말했다. 마음에도 방향이 있다고 덧붙이면서.

서해들

　급작스럽게 시작된 3박 4일 여행의 마지막 밤이다. 6층 창문 바깥으로 밤바다를 보고 있다. 어두운 한 가운데를 에워싸는 형국으로 불빛들이 있고, 먼 곳으로 저 곳이 바다구나, 하고 짐작할 뿐이다. 충남 서천 장항. 건너편으로는 전라북도 군산이다. 묘한 곳이다. 아마도 이곳은 우연히 하나의 도와 다른 도의 경계가 되었을 것이다. 게으르게 저녁을 먹고 게으르게 산책하고 게으른 밤에 잠깐 잠들었다가 깨어서 이것저것 보고 있다. 안면도, 대천, 장항으로 이어진 며칠의 시간들을 보고 있다.

　기억을 가장 온전하게 보존하는 방법은 어쩌면 그 기억에 대

해서 아무것도 기록하지 않는 일인지 모른다. 애인과 아무렇게
나 앉아서 백사장의 모래들을 손가락 사이로 흘려보낸 일이라
든가 새벽 바다에서 서로의 시간을 침범하지 않으며 조용히 걸
었던 일, 그리고 비가 내리는 바다로 해무가 장악한 바다에서
잠든 애인을 두고 바깥으로 나와 유령에 홀린 사람처럼 걸었던
일, 그리고 또 서천 휴게소 벚나무 아래서 꽃을 올려다보며 꽃
아래 가만히 시선을 두었던 일 정도가 내가 쓰는 문장 안으로
들어오는 풍경들이다.

일하는 날과 쉬는 날을 자유롭게 정할 수 있는 애인 덕분에
가능한 여행이었다. 그러니까 애인과 나는 여행이라는 것이 어
떠한 목적을 두고 그 목적을 채우기 위해 떠나는 것이 아니라
는 사실에 대체로 동의하는 것 같다. 정해진 곳 없이 지명에 이
끌려 그곳으로 한번 가보는 것, 그렇게 그 지명 안으로 진입해
서 그곳의 생태계가 이끄는 대로 조용히 따라가 보는 것, 그 공
간과 시간을 벗어나면서 비로소 그 공간과 시간이 어떠한 의미
였는지 사소하게 이야기해 보는 것. 우연을 이기려 들지 말고
우연에 조용히 신체와 정신을 맡기는 일은 그래서 어떠한 목적
을 설정하는 일보다 때로는 더 큰 위로를 주기도 한다.

우연인 일을 두고 그 우연에 어떤 이유가 있다고 확신하는 순간 불행은 시작되는 것 같다. 폭력이 작동하는 방식도 그렇다. 우연에 대하여, 그 우연이 필연이라고 착각하는 순간 원인이 필요해지고 그 원인을 야기한 또 다른 원인이 필요해진다. 이상한 말이지만 그렇게 끊임없이 원인들은 '발생'하고 '생산'된다. 때로는 원인이 먼저 있는 것이 아니라 결과가 먼저 있다. 그 결과에 맞게 원인들은 발생할 뿐만 아니라 조작되고 왜곡되기도 한다. 그런 불행들은 이야기되면서 다시 한 번 '변형의 불행'을 겪게 된다. (이야기 자체의 속성이 왜곡과 변형이기도 하다.)

비가 내리는 백사장을 걸으면서 그 백사장으로 바다 안개가 자욱하고 파도가 영원으로 또 몰려오고 계속 비가 내리고 있었다. 내 몸에도 물이 흐르니까 '물의 나라'로, 그렇게 어떤 순환 속으로 우연히 사라져도 좋겠다는 생각을 하면서 오래 걷던 밤이 있었다. 바다와의 경계가 완전히 지워진 백사장이 다정하게 길어지고 있었다.

소리들

2층, 카페의 테라스에 앉아 있다. 도로 건너편으로 벚꽃이 만개했다. 문득 이런 문장이 떠올랐다.

당신이 오지 않는다면 저 꽃들이 다 무슨 소용이겠어요. 또 당신이 온다면 저 꽃들이 다 무슨 소용이겠어요.

누군가의 문장을 변용한 것에 불과한데 저 문장의 모체가 생각나지 않는다. 그러니까 같은 맥락의 문장이었던 것 같다. 당신이 오지 않아도 소용이 없고 당신이 온다면 그 모든 것들이 역시 다 소용없어진다는, 그런 맥락의 문장. 꽃이 피니까 꽃을 다룬 문장들이 시야 바깥으로 지나간다. 절망의 천재이면서 불행의 천재인 에밀 시오랑은 언젠가 이렇게 썼다.

　모든 언어는 나를 괴롭힌다. 꽃들이 죽음에 대하여 수다 떠는 것을 들을 수 있다면 얼마나 편안할 것인가!

— 에밀 시오랑《독설의 팡세》중.

"꽃들이 죽음에 대하여 수다 떠는" 소리야 아무래도 들을 수 없는 미지의 것이지만 "모든 언어가 나를 괴롭히는" 그런 순간을 지난 적이 있다. 뜻을 가진 모든 소리들이 나를 괴롭히고 나를 공격하고 내 주변을 에워싸고 놓아주지 않는 그런 시간을 지난 적이 있다. 아마 당신도 그런 시간을 지난 적이 있을 것이다. 그럴 때 소리에게 당하는 사람이 선택할 수 있는 것은 아마도 두 가지 정도가 아닐까 싶다. 소리를 들을 수 있는 모든 신체의 기관들을 열어 두어 내 몸을 '소리의 전쟁터'로 만드는 방법 하나와 소리 자체를 소거해서 세계를 공간으로만 인식하는 방법 하나.

다시 테라스 건너의 벚나무를 바라보고 있다. 늦게 핀 꽃이 먼저 핀 꽃에게 인사하는 소리가 들릴 것도 같다. 봄날 오후, 4

월의 벚꽃 만개한 오후, 친구를 기다리면서 짧게 쓴다, 소리들아, 내 몸에서 잘 놀다 가렴.

내 몸에 들어와서 떠나지 못하는 그날의 소리들을 듣고 있다.

얼룩

너에 대한 모든 발화에는 나의 얼룩이 묻어 있다. 너에 대해 말하지 않고 쓰지 않게 되는 순간, 사라지는 건 네가 아니라 내가 아니라 단지, 어떤 얼룩이겠다.

화투花鬪

햇볕 쬐려고 병원 앞 벤치에 앉아 있는데 귀여운 싸움 소리가 들렸다. 오른쪽 다리에 깁스를 하고 있는 남자와 문병을 하러 왔거나 간호를 하고 있는 여자. 젊은 연인들이다. 저 꽃 철쭉이야, 알아? 아니야, 영산홍이야. 나랑 내기할래? 내기 할까? 소원 들어주기? 뭐 이런 사소한 다툼이다. 그 꽃이 영산홍이라는 것을 알고 있는 나는 물끄러미 못 들은 척을 하면서 누가 이기나, 가만히 듣고만 있었다.

누가 이겨도 좋은 싸움이니까 누구든 이겨서 상대방의 소원을 들어주라고 그렇게 가만히 듣고만 있었다.

사랑을 두고 하는 싸움은 진실이 중요한 게 아니니까.

불행의 불행

불행은 불행해지면서 한번, 그 불행의 왜곡을 겪으면서 다시 한 번 더 불행해진다.

자신에 의한 왜곡이든 타인에 의한 왜곡이든 자체로 온전하게 보존될 수 없다는 데에 불행의 불행다움이 있는지 모른다.

일요일

삶이 이미 일요일이 된 사람에게도 일요일은 찾아온다. 자신의 일요일은 자신이 결정하고 누리는 것이고 그 누구에게도 누군가의 삶이 끝났다고 단정할 권리 같은 것은 없다.

"간결하게 쉴 것."

침묵

침묵은 상대방에게 던져질 때 더 큰 침묵이 된다.

과거는 바뀐다

사랑에 빠질 때마다 우리의 과거는 바뀐다.
소설을 쓰거나 읽을 때마다 우리의 과거는 바뀐다.
과거란 그런 것이다.

— 파스칼 키냐르 《옛날에 대하여》 중

이상한 말이다. 과거가 바뀐다고? 파스칼 키냐르의 말에 따르면 과거는 바뀔 수 있는 성질의 것이다. 그러니까 어떠한 원인이 있고 그에 따른 결과가 있는 것이 아니라 원인은 얼마든지 결과에 의해 조작될 수 있다는 얘기다.

이 말은 우리에게 이상한 위로와 안도감을 준다. 이를테면 당신을 못 견디게 괴롭혔던 어떤 과거의 일은 당신의 뜻이 아니었으며 또한 당신의 의지가 아니었다. 과거는 고정불변의 것이 아니라 내가 한 시절 지나온 어떤 우연에 불과할 수 있다.

  사랑하는 일, 그리고 소설(시)을 읽는 일은 어떤 경우, 과거를 바꾸는 일이 된다. 어떤 텍스트를 읽다가 홀연, 과거의 자신과 만나 그 사람을 토닥여준 적이 당신도 있었을 것이다. 그렇게 어떤 '바뀐 과거'가 가까스로 당신을 견디게 해준 적이 당신도 있었을 것이다.

비밀

어떤 비밀은 우리를 두 번 괴롭힌다.

알기 전엔 알고 싶어서.
알고 난 후엔 알아버려서.

최영미와 나

최영미를 처음 읽은 건 스무 살이다. 《서른 잔치는 끝났다》 나는 그 시집이 그렇게 유명한 시집인 줄 모르고 읽었다. 한 학기 겨우 마치고 휴학하고 대전 내려와 동네 도서관에나 들락날락하던 스무 살 청년에게 최영미의 시는 충격인 데가 있었다. 문학은, 특히 시는 얌전해야 한다고 배운, 엄숙해야 한다고 배운, 그래서 '규범적이고 도덕적'이어야 한다고 배운 스무 살 청년에게 최영미의 시집은 자체로 충격이었다.

최영미를 처음 읽던 1997년의 어느 늦은 가을밤을 피부로 기억한다. 나는 시가 그렇게 재밌는 장르인지 몰랐다. 사는 일의 허기를 언어가 어떻게 달래주는지, 지난 일을 추억하는 데 언어가 얼마나 날카롭게 쓰일 수 있는지, 마침내 세계와 만나는 방식을 얼마나 첨예하게, 최전방에서 기록할 수 있는지, 나는 최영미를 읽으면서 배웠다. 기억한다, 그해 가을, 공황장애라는 악마에 사로잡힌 한 청년은 마침내 동네 문방구에 들러 대학 노트 한 권을 사서 커다랗게 맨 앞장에 '시작노트'라고 적었다. 자신이 겪고 있는 일들을 감히 '시'로 써 보겠다고 결심했었다. 이게 다 최영미의 시집 탓이었다. 그러니까 최영미는 나의 우둔하고 미련한 문학 수업의 맨 앞자리에 있는 텍스트인 셈이다.

최영미의 〈속초에서〉를 좋아한다. 시인의 등단작이기도 하다. 전문을 옮기면 이렇다.

바다, 일렁거림이 파도라고 배운 일곱 살이 있었다

과거의 풍경들이 솟아올라 하나 둘 섬을 만든다. 드문드문 건져올린 기억으로 가까운 모래밭을 두어번 공격하다보면 어느새 날 저물어, 소문대로 갈매기는 철없이 어깨춤을 추었다. 지루한 飛行 끝에 젖은 머리가 마를 만하면 다시 일어나 하얀 거품 쏟으며 그는 떠났다. 기다릴 듯 그 밑에 몸져누운 이마여—자고 나면 한 부대씩 구름

밀려오고 귀밑털이 걸린 마지막 파도 소리는 꼭 폭탄 터지듯 크게 울
렸다.

바다, 밀면서 밀리는 게 파도라고 배운 서른두살이 있었다

더 이상 무너질 것도 없는데 비가 내리고, 어디 누우나 비 오는 밤
이면 커튼처럼 끌리는 비린내, 비릿한 한움큼조차 쫓아내지 못한 세
월을 차례로 무너뜨리며 밤이 깊어가고 처벅처벅 해안선 따라 낯익
은 이름들이 빠진다. 빨랫줄에 널린 오징어처럼 축 늘어진 치욕, 아
무리 곱씹어도 이제는 고스란히 떠오르지도 못하는 세월인데, 산 오
징어의 단추 같은 눈으로 횟집 수족관을 보면 아, 어느새 환하게 불
켜고 꼬리 흔들며 달려드는 죽음이여—네가 내게 기울기 전에 내가
먼저 네게로 기울어가리.

— 최영미 〈속초에서〉 전문.

한 개인이 자신의 삶을 두고 "잔치는 끝났다"고 발언할 때 그
말 안에는 "잔치가 있었다"는 회상이 숨어 있다. 이 시로만 보
면 바다 앞에 선 "일곱 살"이 시인에겐 잔치다. "소문대로 갈매
기는 철없이 어깨춤을 추"고 그 "잔치"가 마냥 신비롭다. (얼마
나 신비로웠으면 "이마"가 "몸져누웠"을까.) "마지막 파도 소
리"라니. 바다에서 멀어지는 일곱 살의 아이는 바다를 떠나는
일이 무척 싫었을 것이다. 잔치는 짧다. 잔치라는 인간의 행위

가 특별하게 기억되는 이유는 아마도 사는 일 대부분이 '잔치-아닌' 곳에서 견뎌야 하기 때문이리라. 감수성 예민한 일곱 살의 아이는 아마도 이 사실을 알고 있었을 것이다. (우리는 보통 "일곱 살"에 제도권 교육으로 편입된다.) "마지막 파도 소리"는 "귀밑털"에 걸려 있다. 정신이나 의식이 아니라 신체다. 신체에 기록되는 어떤 흔적, 그게 잔치에 대한 추억이다.

잔치 이후는 어떨까. 시인의 서른두 살이 있다. "더 이상 무너질 것도 없는데 비가 내"린다. 아마도 시인은 일곱 살의 그 "속초"를 다시 찾은 모양이다. "해안선 따라 낯익은 이름들이 빠진다." 잔치가 끝났고 잔치 이후의 삶을 시인은 이렇게 쓰고 있다. "빨랫줄에 널린 오징어처럼 축 늘어진 치욕." 잔치의 추억이 강렬했던 만큼 잔치 이후의 일상은 비루하고 남루하다. 치욕이다. 잔치 이후를 견뎌야 하는 일상은 "산 오징어의 단추 같은 눈"으로 세계를 직시해야 한다. 시에 위로의 기능이 있다면 아마도 이러할 것이다. 내가 겪고 있는 치욕과 허무와 고통을 날 것으로 보여줌으로써 그걸 읽는 누군가가 "나는 지금 어떤 감정으로 살고 있지", 느끼고 생각하고 감각하게 해주는 것. 강요하고 설명하는 방식이 아니라 피부로 느낌으로 닿게 해주는 것.

　모두가 아는 사실이지만 이 시의 클라이맥스는 마지막 부분이다. "죽음이여—네가 내게 기울기 전에 내가 먼저 네게로 기울어가리." 죽고 싶다는 얘기인가? 정반대다. 살겠다는 얘기다. 시인은 "기운다"라는 언어를 썼다. 기운다는 것은 상대방에게 져주겠다는 것이다. 마음을 주겠다는 것이고 정성을 다하겠다는 것이고 마침내 긍정하겠다는 것이다. "내가 먼저 네게로 기울어가리", 잔치는 끝났고 일곱 살의 아이는 어느새 서른 둘이 되었다. 그 사이에 인간(청춘)은 자신이 겪을 수 있는 거의 모든 경험치를 자신의 삶에 축적한다. 마냥 잔치일 수도 없고 마냥 잔치 이후의 허망함일 수는 더더욱 없다. 살아야 한다. "살고 싶다"는 문장을 시인은 이렇게 기록해 뒀다. (나는 한국어의 "기운다"라는 말이 이렇게 아름답게 쓰인 문장을 본적이 없다.)

　시인과는 일면식도 없는 내가 시인의 삶을 알 수는 없다. 오래전 시집의 활자들을 쓰다듬으며 읽어볼 뿐이다. 드문드문 세상에 나오는 시인의 시집을 꼬박 챙겨서 읽었다. 내가 소위 '문단'에서 활동했던 2001년에서 2016년 사이, 최영미의 시를 문학잡지에서 만난 일은 거의 없다. 제법 열심히 챙겨 읽었는데도 그렇다. 내가 모르는 어떠한 사정이 있었으리라. 다만 그 사정이 외부의 어떠한 것이 아니라 시인의 자율 의사에 의한 것이길 바라는 수밖에 없다. 이곳저곳 이름이 오르내리며 마음 고생이 심했을 것이다. 지금의 최영미의 시, 앞으로의 최영미의 시를 더 자주, 많이 보고 싶다. 최영미에게 빚을 지고 있는 독자들 또한 그러할 것이다. 최영미에게 다시 잔치를 열어 주어야 한다. 그래야 다시 후일담을 우리에게 건네지 않겠는가.

이 또한 지나가리라

이 또한 지나가리라, 보다 이 또한 지나가지 않으리라, 이 말이 더 위로에 가까울 때가 있다. 절대로 지나가지 않으리라는 확신은 견디겠다는 뜻이고 피하지 않겠다는 의미고 자신을 속이지 않겠다는 다짐이며 마침내 자신의 삶을 긍정하겠다는 의지기도 하다.

이 또한 지나가지 않을 것이고 지나가는 것을 붙잡으면서 견디리라.

부산 행

갑작스러운 여행이었다. 부산 행, 2박 3일. 노트북과 언제나 그렇듯 이성복 시집 두 권과 에밀 시오랑의 《독설의 팡세》, 양말 두 켤레와 얇은 티셔츠 한 장과 팬티 한 장이 짐의 전부였다. 대낮의 카페에 앉아 있다가 창문 바깥으로 핀 벚꽃을 오래 쳐다본 일이 사단이었다. 이를테면 당신이 존재하던 그 공간과 그 시간이 비현실적으로 느껴져서 '다른 곳'으로 가야만 했던 때가 당신도 있었을 것이다. 가장 친숙하고 가장 편안한 공간이 홀연 당신을 숨 막히게 했던 때가 당신도 있었을 것이다. 이 세계의 모든 일이 이 세계의 일이 아닌 것 같은 때가 당신도 있었을 것이다. 카페에서 나와서 일단 집으로 갔다. 대충 기차 시간을 알아보고 대충 짐을 꾸리고 대전역으로 갔다. 평일 오후의 대전역은 한산했다. 어떤 여행은 그렇게 급작스럽게 예정 없이 시작된다.

부산에서 한 일이라고 해봤자 바다가 보이는 송도의 작은 모텔에서 노트북을 꺼내 놓고 산문 몇 매를 쓴 일과 가장 게으른 자세로 시집 몇 페이지를 훑어본 일과 작은 백사장을 느리게 걸었던 일, 그리고 낯선 도시의 낯선 지하철을 타고 시야의 지명이 이끄는 대로 아무 데서나 내려 근처 카페에 앉아 있었던 일이 전부였다. 편의점에서 도시락으로 끼니를 때웠고, 술은 마시지 않았고, 늦은 밤 발작처럼 택시를 타고 바다가 잘 보이는 곳으로 가주세요, 하며 부산의 해안도로를 달린 일 정도가 이번 여행의 전부라고 해야 할 것 같다.

떠나는 일은 급작스러웠지만 돌아오는 데는 용기가 필요했다. 내가 생업으로 하는 일은 온라인으로 가능한 일이어서 인터넷만 된다면 어디서나 일을 할 수 있는 형편이다. 바로 그 형편 때문에 떠나오는 일이 쉽지 않았다. 시는 쓰지 않았고, 다른 사람의 시 몇 편을 온라인으로 합평을 했고, 아주 무성의한 자세로 다른 시인들의 시를 읽었다. 다른 도시에 왔다는 것,

그 사실 하나만이 나를 위로해주었다. 바다는 대체로 단조롭게 보였고 여기저기 피어 있는 봄꽃은 지루하게 느껴졌다. 이것을 여행이라고 할 수 있을까?

부산역에서 대전행 티켓을 끊으면서 여행을 가고 여행을 마치는 것은 어쩌면 내가 아니라 이 티켓이 아닐까, 하는 생각이 뒤따라 왔다. 급하게 갈 일이 없어 느리게 무궁화호를 타고 밀양을 지나 대구를 지나 구미를 지나 그렇게 다시 대전으로 왔다. 대전역에 내렸을 때, 어떤 홀가분함보다는 어떤 막막함 같은 것이 내내 마음을 간섭했다. 이대로 집으로 갈 수는 없는 노릇이었다. 내게 여행이란 지치지 않는 마음을 지치게 해서 몸과의 균형을 찾는 행위인데, 도저히 마음이 지칠 기색을 보이지 않았다.

그래서 걸었다. 내가 아는 정보에 의하면 대전역에서 집까지의 거리는 대략 3킬로미터. 자정을 약간 넘긴 대전의 거리를 계속 걸었다. 봄꽃이 어둑한 길을 따라 내내 따라왔고 부산에서부터 따라온 것 같은 바람이 지치지도 않고 계속 불었다. 4월은 그런 계절이다. 지치지 않는 것들이 지치지도 않고 계속 자신을 몰아세우는 느낌을 당신도 지나친 적이 있을 것이다. 4월을 그렇게 지난 적이 당신도 있을 것이다. 그래서 계속 걸었다.

40분 남짓 걷는 동안, 몇 개의 질문이 나의 걸음을 간섭했다. 스스로 질문하고 스스로 마음대로 대답해 보는 것, 마음은 그럴 때 지친다. 마음은 그럴 때 제자리를 찾아간다. 나는 왜 부산에 갔을까. 부산에 가고 싶었으니까. 나는 왜 부산에서 회먹을 생각을 안 했을까. 회는 혼자 먹기에 부담스러운 음식이니까. 나는 왜 부산의 지인들에게 연락할 생각을 안 했을까. 혼자 있고 싶었으니까. 나는 왜 부산에서 시 쓸 생각을 안 했을까. 시 쓸 준비를 안 하고 못했으니까. 나는 왜 부산의 2박 3일을 그 흔한 사진 한 장으로도 남기지 않았을까. 그 모든 풍경이나를 지치게 하니까. 내 마음은 왜 4월마다 이렇게 힘들어 할까. 4월에는 생각하지 못한 많은 일들이 있었으니까. 나는 왜이렇게 걷고 있을까. 이렇게 걷는 것도 여행의 일부니까.

계속 걸었다. 마음이 지칠 때까지 걸었다. 집으로 돌아갈 용기가 조금 생겼다. 계속 걸었다. 꽃비, 어두운 공중의 점, 점

꽃비가 머리 위로 쏟아져 내렸다. 고개를 들고 나는 떨어지는 꽃들을 오래 바라보았다. 나는 천천히 웃기 시작했다.

가짜로 아프면서

"내 발로 응급실로 걸어 들어가는 것도 이게 마지막이겠구나."

회전문을 열면서 든 생각은 오직 그것뿐이었다. 몇 시간 전부터 시작한 발작과 함께 두개골 앞부분에서 비롯한 것 같은 피 냄새는 더욱 진하게 후각을 지배했다. 이 상태로 들어가서 수술을 한다면 큰 수술이 될 게 뻔하고, 뇌를 열 것이 분명하고, 다시 못 깨어날지도 모를 일이었다. 발작의 강도가 어느때보다도 세서, 단순한 공황발작과는 느낌이 달랐다. 갈 지 자로 걸어서 겨우겨우 응급실에 도착했던 것 같다. 제가 환자고 보호자는 없습니다, 간호사에게 쓰러지면서 말했던 기억이 끝이었다. 암전.

깨어보니 링거가 꽂혀 있었다. 술에 잔뜩 취한 몇 명의 사내가 당직 의사로 보이는, 흰 가운을 입은 사내와 드잡이를 하고 있었다. 씨발새꺄…경찰 불러…아파 죽겠다고요…개새끼, 죽여 버려……. 지옥이 있다면 이런 모습일까, 하며 다시 눈을 감았다. 피가 고인 듯한 두개골 앞부분의 느낌은 온데간데없었다. 또 공황발작이었구나, 하는 어이없는 안도감이 몰려왔다. 차라리 정말 뇌출혈이면 어땠을까, 하는 심드렁한 장난기마저 몰려왔다. 이게 몇 번째일까. 작년 겨울의, 심장이 깨질 듯 갈라지던 심근경색의 위협이 다시 생각났다. 공황장애 환자라면 이런 비슷한 경험을 누구나 해봤을 것이다. 간호사는 뇌 CT 사진 촬영과 심전도 검사, 혈액 검사 비용으로 17만 원정도의 진료비가 나왔다고 친절하게 일러주었다. 아까의 통증이 민망할 정도로 평온함이 온 몸의 혈액을 돌고 있었다. 난감한 일이었다.

공황 장애의 난맥상은 내가 내 몸과 내 마음을 믿을 수 없다는 데 있다. 어쩔 수 없이 동반되는 신체의 이상 징후는 시시로 때때로 자신의 건강을 의심하게 만든다. 신체적 통증에 더해, 내가 믿는 것이 사실이 아니라는 정신적 낭패감을 확인하는 일은 생각보다 훨씬 더 고통스럽다.

그런데 이런 '가짜—아픔'이야말로 우리 삶의 은유이자 문학의 은유 아니던가. 우리는 우리를 믿을 수가 없어서 계속 산다. 쓴다. '다른 곳'으로 가 본다. 아프다. 여기가 아니구나, 그곳도 아니었구나, 하며 환부는 자꾸 바뀌고 우리는 마침내 우리 자신을 의심할 수밖에 없다. 자신이 자신의 모든 것을 의심할 때 가장 자신의 깊은 곳에 도달해 본 적이 당신도 있을 것이다. 나, 그렇게, '가짜—아픔'으로 어떤 시절을 통과해 왔던가. 아프지 않고서는 도무지 견딜 수 없던 시절, '아프고 싶은 아픔'으로 어떤 시절을 겨우 통과해 왔던가.

이를테면 저 꽃, 4월의 저 꽃은 나무의 '가짜—아픔'인지 모른다. '아프고 싶은 아픔'인지 모른다. 그 아픔이 가장 아름답고 가장 공허하다. 꽃 피고 꽃 지고, 그 짧은 시절 지나 나무는 또 나머지 계절을 견뎌야 한다.

시인과 한량

며칠 전 한 분께서 내 블로그에 악성 댓글을 달아주셨다. 카페에서 나를 본 것이 분명한 이 분은 대체로 세 가지 이유로 나를 비난했다. 시인이란 게 그렇게 한가한 직업이어서 당신은 카페나 돌아다니는 한량이어서 치열하지 않다는 것이 첫 번째 이유였고, 다른 사람들이 최저 시급을 받기 위해 얼마나 더럽고 어려운 일을 하는지 아느냐는 것이 두 번째 이유였고, 당신의 그 한가하고 한심한 작업에서 나오는 시들을 믿을 수 없다는 것이 세 번째 이유였다. 순간, 울화가 치밀어 올라 댓글을 지워버렸다. 내가 무슨 연예인도 아니고 이런 악성 댓글에 시달리나, 하는 생각이 먼저였다. 억울한 생각이 들기도 했다. 그 분이 이 글을 볼지 모르겠다. 궁색한 변명을 해야겠다.

나도 안다. 누군가가 내가 카페에서 작업하는 걸 보면 저게 시인이 맞나, 하고 한숨부터 나올 것이다. 모바일 게임은 계속 돌아가고, 어지러운 책상 위로는 이 책 저 책이 뒹굴고, 노트북으로는 트위터와 페이스북, 블로그를 옮겨 다닌다. 카톡으로 누군가에게 끊임없이 메시지를 보낸다. 뭐 하니,로 시작되는 쓸데없는 안부 문자부터 누군가에게 시를 전하는 제법 긴 문자까지, 누군가가 보면 영락없이 놀러온 사람이 맞다. 몸이 물을 많이 원해서 물을 마시는 일이 잦고, 골초여서 담배 피우러 밖에 나가는 일도 많다. 그런데 당신들이 모르는 나의 작업의 비밀이 있다. 이 모든 것들은 '어떤 글'을 쓰기 위한 '몸 풀기'라는 것이다.

먼저 머릿속에 쓸 글의 얼개를 짠다. 대개 첫 문장을 잡는 일에 많은 시간을 할애한다. 그러니까 손으로는 다른 짓을 하면서 머릿속으로는 한 가지 생각을 궁글리는 것이다. 첫 문장을 찾고, 써야 할 글의 어조를 찾고, 이미지를 찾고, 대략의 길이를 구상하는 것이다. 그 생각들을 조금씩 트위터에, 페이스북에 기록하는 것이다. 내가 모르는 우연으로 다른 생각들과 '접붙는' 것이다. 나의 글들은 그런 우연을 사랑한다. 어떤 날엔,

댓글에서 영감을 받아 30매짜리 산문을 쓴 적이 있다. 어떤 날엔 트위터에서 본 사진에서 힌트를 얻어 시의 초고를 잡은 적이 있다. 어떤 날엔 누군가에게 보낸 장난 문자에서 시작해 긴 산문을 쓴 적도 있다. 좋게 말해서 '글쓰기를 위한 몸 풀기'지만 이건 난장판이 따로 없다. 그래서 카페에 갈 때는 구석자리를 찾는다. 다른 사람의 피해를 최소화하기 위한 나름의 고육지책이다.

하지만 이 모든 생각의 저류엔 "시는 노는 것이다"란 생각이 깔려 있다. 당연히 시의 문법은 산문의 문법과 달라서, 비약과 이질적인 것들의 혼합과 엉뚱함이 필요하다. 나의 이 난장판들은 엉뚱함과 비약을 찾아서 헤맨다. 오래 헤맬수록 좋은 글이 나온다. 경험상 그렇다. 온 종일 헛짓만 하다가 겨우 세 줄 쓰고 카페에서 나온 적도 있다. 그 세 줄의 문장은 내가 가장 아끼는 시 중 한 편의 도입부가 되었다.

시 쓰는 사람은 한가해야 한다. 한가하고 더 없이 한가해서 자신을 못 견딜 정도가 되어야 한다. 한량이어야 한다. 다른 사람이 도저히 못 가 본 곳까지 가서 한량이 되어야 한다. 다른 사람이 겪어 보지 못한 '심심함'을 겪어 봐야 한다. 그래야 '다른 곳'을 경험할 수 있고 감각할 수 있고 자신의 글에 그곳을 이식할 수 있다. 결코 문학에서는 "좋은 것이 좋은 것이다" 혹은 "적당한 것이 좋은 것이다"와 같은 명제가 미학이 될 수 없다. 나는 그렇게 믿는다. 그러니까 나는 내가 할 수 있는 한 가장 한가하게 분주할 것이다. 한가할 수 있을 때까지 한가해져서 내가 이전에 닿은 적이 없는 곳에 가 볼 것이고 분주할 수 있을 때까지 분주해져서 나의 온몸에 상상과 비약과 감각이 흐르도록 둘 것이다. '한가함'과 '분주함', 이 두 개의 모순된 상태가 서로 긴장할 수 있도록 나는 나 자신을 '이상한 한량'이 되도록 내버려 둘 것이다. 내가 가장 한가하고 한량인 곳에서 나의 문장은 비로소 시작될 것이다. 나는 끝까지 한가하려고 나의 많은 것들을 포기할 것이다.

천천히 울기 시작했다

대전문학관에서 짧은 강의를 마치고 밖으로 빠져 나와 담배를 피우고 있었다. 돌계단에 앉아 있는데 낯선 청년이 말을 걸어왔다. "혹시, 저를, 기억하시나요." 난감한 일이었다. 20대 후반으로 보이는 청년은, 부담스러울 정도로 나를 빤히 쳐다보았다. "몇 년 전 편의점에서 아르바이트를 하며 시집을 읽던…선생님과 대화를 나눴던…어떤 새벽이었는데요……."

청년이 거기까지 말했을 때, 내게도 어떤 기억 하나가 떠올랐다. 그게 벌써 5년 전의 일이다. 청년은 편의점 아르바이트를 하고 있었다. 새벽, 담배를 사러 나간 길이었는데, 익숙한 문학과지성사 시인선을 읽고 있기에 넌지시 물어본 기억이 있다. 시를 쓰는 사람이냐고. 그렇다고 했다. 어떤 시인을 좋아하느냐고 물었다. 뜻밖에도 청년의 입에선 내 시집이 튀어나왔다. 선배의 권유로 읽기 시작한 시집인데 아픈 시인의 아픈 시가 아프게 읽혔다고 했다. 그 시인의 이름을 아느냐고 물었다. 안다고 했다. 믿든 안 믿든 그건 당신 자유지만 내가 그 시집을 쓴 사람이라고 말했다. 청년은, 나를 이상하게 쳐다보더니 가방을 한참 뒤적거리다가 갑자기 90도로 인사를 해왔다. 아마도 가방 속 시집에서 내 얼굴을 확인한 모양이다. 2009년. 시를 쓰지 않던 날들이었다. 같이 담배를 피우던 짙은 새벽, 그리고 언제고 술이나 한잔 하자던 기약.

그 청년을 어제 다시 만났다. 몰라보게 살이 붙어 있었다. 지역 신문에 난 기사를 보고 퇴근길에 들렀다고 했다. 자신의 것한 권, 아마도 여자 친구의 것으로 보이는 시집 한 권. 이렇게두 권의 시집에 무어라 적어주고 다시 담배를 피웠다. 청년은지역 신문 경제부 기자라고 했다. 문화부로 가고 싶었는데 그게 뜻대로 안 되서 고민이라고 했다. 아직 시를 쓰느냐고 물었다. 아직 시를 쓴다고 했다. 침묵과 침묵 사이, 어색하게 놓인돌을 디디는 것처럼 대화는 자꾸 끊겼다. 언제고 술이나 한

잔 하자고 했다. 언제고 전화를 달라고 했다.

　빠른 걸음으로 문학관을 빠져나왔다. 뭐가 이물스러운지, 뭐가 죄스러운지 모르겠지만 무언가 잘못하고 있다는 느낌이 들었다. 급하게 택시를 탔다. 나는 천천히 울기 시작했다.

일산 행

  일산엘 다녀왔다. 어딘가로 떠날 수밖에 없는 마음이었다고 써야 할 것 같다. 꼬박 밤을 새고, 터미널에 오래 앉아 있었다. 어딘가로 떠나는 것이 중요했던 목요일. 티켓팅을 하고 줄담배를 몇 대 피우고 버스에 앉아 있는데, 또 어떤 이물감이 몰려왔다. '고속공포증'에 대한 걱정으로 심장이 벌써 불규칙하게 뛰고 있었다. 급하게 자낙스를 두 알 더 먹고, 출발하는 버스의 창 바깥을 보고 있었다. 어딘가로 가는구나, 하는 막연한 설렘과 어딘가로 가다가 또 발작하면 어쩌나, 하는 막연한 불안이 동시에 밀려왔다.

  그러니까 고요와 발작 사이 머뭇거리다가 어느 순간 모든 걸 놓아버렸다. 두 달 사이 큰 발작이 없었으니 발작이 오면 어떻게 대처할까, 하는 장난기마저 몰려왔다. 내 몸의 생태계든 창문 바깥의 풍경이든 이상하게 고요했다. 지난 몇 개월, 지칠 때까지 걸으면서 몸의 반응들을 다스려온 긍정적 결과라는 생각도 들었고, '모든 걸 놓아버린' 상태가 주는 홀가분함이라는 생각도 들었다. 약으로는 절대 그런 상태에 갈 수 없다. 서울까지 가는 두 시간 동안 자낙스 아홉 알을 먹고도 진정이 안 된 적이 많았으니까.

이를테면 나는 '아프고 싶은 아픔'이나 '두렵고 싶은 두려움'에 시달려 온 것이 아닐까. 멀쩡하게 책상 앞에 앉아 있다가, 아프고 싶어서, 단지 생각과 망상만으로 몸의 반응을 극단으로 몰고 간 적이 있다. 응급실을 가기 직전까지 과호흡과 심장의 뻐근함으로 고생했던 20대의 새벽들이 떠올랐다. 왜 그랬을까. '아프고 싶은 아픔'의 처방약은 당연히 자신이 가지고 있겠다. 그 아픔이야말로 가장 치유하기 힘든 아픔이고 가장 망상에 가까운 아픔이다. 어떤 '극적인' 것이 없으면 통과할 수 없다고 그 시절, 생각했던 걸까. 내가 신경증 환자라서 조금 더 예민한 것이겠지만 인간은 누구나 악마고 광인이다. 자신의 생각 하나로 자신을 극단으로 몰아갈 수도 있고, 다른 극단, 지극한 고요로 진입할 수도 있겠다. 오래 전 읽은 최수철의 단편 소설 〈광인 일기〉 한 구절이 생각났다.

그 순간 나는 깨달았다. 내 마음 하나로 세상이 지옥이 될 수 있다는 것을. 승강기에 갇혔을 때, 누군가는 오히려 완전히 자기만의 세상에 있게 된 것을 행복하게 여겨서, 나중에 승강기 문이 열렸을 때 나가지 않겠다고 발버둥 친다. 그런가 하면 다른 누군가는 승강기에 갇혔을 때 엄청난 공포를 느끼게 되어, 마침내 승강기 문이 열렸을 때는 머리가 터진 채 죽은 상태로 발견되기도 하는 것이다.

그러고 보면 우리 모두는 악마다. 누구든 자기가 살고 있는 세상을 스스로 한순간에 지옥으로 만들 수 있으니까. 게다가 우리에게는 세상을 지옥으로 만들 구실, 달리 말해 스스로 악마가 될 구실이 얼마든지 있다. 그런데 문제는 우리가 악마가 되어 세상을 지옥으로 만들었을 때, 그 지옥 속에서 가장 큰 고통을 받는 존재는 바로 악마 자신이라는 사실이다.

— 최수철 〈광인 일기〉 중.

"세상을 지옥으로 만들 구실, 달리 말해 스스로 악마가 될 구실"이 내게도 얼마든지 있었다. 갑자기 병원으로 실려 간 열아홉 살이 있었고, 아버지의 병적인 예민함이 있었고, 까닭 없이 집 앞에서 두려워 울던 일곱 살의 내가 있었다. 더 찾아보면 더 있겠다. 원인은 결과 지으려는 의도에 의해 얼마든지 조작될 수 있는 것이니까. 그러나 한 가지 분명한 것은 "세상을 지옥으로 만들 구실"을 하던 날들에는 걷지 않았다는 것이다. 내가 지금 걷고 있다는 자각과 아무런 목적 없이 어딘가로 가고 있다는 최소한의 여유와 내가 나 스스로를 견디고 있다는 작은 위로, 그리고 무엇보다 나는 나를 치유할 의사가 없었다.

우리의 몸과 정신은 우리가 생각하는 것보다 강하다. 그리고 마찬가지로 우리가 생각하는 것보다 훨씬 더 약하다. 일산으로 가는 3시간, '아프고 싶은 아픔'과 '두렵고 싶은 두려움'과 이제 결별할 시간이 되었다는 자각이 계속 뒤따라 왔다. 그 마음에게 잘 가,라고 인사하는 또 다른 마음과 어색하게 조우하고 있었다.

마치 피부 밑에서 들리듯이

다음은 슈만이 기록해놓은 연주법 지시이다.
마치 피부 밑에서 들리듯이.

— 파스칼 키냐르 《옛날에 대하여》 중.

*

마치 피부 밑에서 들리듯이 피아노를 연주한다는 것은 어떤
것일까. 소리들이, 최대한 몸 가까이로, 아니 몸 안에서 흐르
듯이 연주한다는 것일까. 마치 몸이 소리가 된 것처럼 피아노
소리와 섞인다는 것일까.

섞이기. 피부와 닿기. 접촉하기.

마찬가지로 시를 쓸 때도 "피부 밑에서 들리듯이" 써야할 것
이다. 살갗에 닿는, 살갗에 닿아서 살갗이 되는, 살갗 아래의

혈관에서 흐르는 단어들이 되어야 할 것이다. 접촉 없이, 섞이는 것 없이, 서로 주는 것 없는 시들을 믿지 않는다. 그것은 믿음이라기보다 차라리 강렬한 어떤 감각과 비슷한 것이어서 닿는다, 스며든다, 닳는다, 마침내 아프다, 흐른다, 단어들이 몸에 흐른다, 너의 살갗에 닿았던 공기가 내 몸에도 흐른다, 너는 쓴다, 나는 네가 쓴 것들을 먹는다, 토한다, 혼절과 혼몽과 격렬의 언어들만을 나는 사랑한다.

사랑도 또한 "피부 밑에서 들리듯이."

피부 아래 혈관에서 당신의 말들이 흐른다. 당신의 피로한 살갗이 흐른다. 섞일 것이다, 소리 없는 피아노, 침묵과 침묵이 닿는다, 쏟아지는 액체 덩어리, 피부 아래로, 피부 아래로, 내가 들어갈 수 없는 당신의 푸른 혈관.

창백한. 언제까지나 창백한. 당신의 푸른 혈관으로 나의 말들이 쏟아진다. 나는 쓸 것이다. 나는 흐를 것이다. 나는 다칠 것이다. "마치 피부 밑에서 들리듯이" 나는 당신만 들을 수 있는 파동이 될 것이다.

당신이 먼저다

"주체가 먼저가 아니라 대상이 먼저다."

어느 문학평론가는 그의 《시론》에서 이렇게 쓰고 있다. "대상의 이면이 밝혀지는 순간 주체의 정체가 밝혀지는 것이지, 그 역이 아니다"라고 단호하게 쓰고 있다. 무슨 말일까.

우리는 당연하게도 '나'라는 자아가 먼저 있어야 '사물' 혹은 '타인'이 존재할 수 있다고 믿는다. 이러한 믿음은 차라리 상식에 가까워서 의문의 여지가 없어 보인다. 하지만 우리가 상식이라고 믿는 것들 중 많은 것이 오류고, 거짓이고, 어리석음이다. 시의 입장에서 본다면 전지전능한 '나'라는 발화 주체가 '대상'과 '타인'을 해석하고, 분석하고, 통합하고, 질서를 부여하는 일이 당연한 것으로 여겨져 왔다. 화자의 발화 의도를 고르는 문제, 화자의 심리 상태를 분석하는 문제, 화자의 처지를 알아내는 문제를 '공부하다가' 대개는 시에서 멀어진다. 그렇게 가르치고 그렇게 배운다. 지금도 아마 그러고 있을 것이다.

여기 내가 있다. 여기 터미널이 있다. 여기 터미널을 통과하는 바람이 있고 여기로 내리는 눈이 있다. 여기 '나는 터미널에서 바람이 눈을 데리고 통과하는 걸 보고 있다'는 문장이 있다. '나'라는 주체가 있어서 터미널로 바람이 불고 눈이 내리고 하는 것이 아니라고 우리는 말해야 한다. 정확하게 반대다. 바람이 불고 눈이 내리는 터미널이 있어서 '나'라는 주체가 존재할 수 있는 것이다.

이러한 주체와 대상의 관계의 역전은 단지 시에만 국한되는 일이 아닐 것이다. 당신이 '먼저' 있어야 비로소 당신을 사랑할 수 있는 내가 가능하다. 저기 '나무'가 있어야 그 나무를 바라보는 나의 시선이 가능하다. 이것은 차라리 태도의 문제에 가깝다. 내가 먼저일 때, 사랑은 폭력으로 변하기 쉽고 내가 먼저일 때, 나무를 바라보는 나의 시선은 좁아질 수 있다. 당신이 먼저일 때, 그리고 나무가 먼저일 때 '우리'라는 말이 넓어질 수 있다. 깊어질 수 있다. 나는 나무가 '주는' 시선을 '받는' 어떤 '다른' 상태일 수 있다.

주체가 먼저 가 아니라 대상이 먼저다,라는 명제를 수락할 때 우리는 우연을 긍정할 수 있다. 우연히 바람이 불고 눈이 내리는 터미널에 나는 갔다. 우연히 아름다움을 봤다. 이토록 사소한 아름다움을 이토록 사소한 내가 이토록 누추한 생활에서 잠시 봤다. 그리고 당신이 먼저다. 당신은 터미널에 도착할 것이다. 터미널에 도착하는 당신이 있어야 당신을 만나는 내가 존재할 수 있다. 우연한 아름다움이 먼저다. 우연히 그때 바람이 불었고, 눈이 내렸고, 우리는 터미널을 같이 걸었다.

흑백 사진

어머니와 아버지의 연애 시절 사진을 보고 있다. 흑백으로 남은 1976년 9월 어느 공원의 한때. 아들의 눈으로, 그 시절의 아버지와 어머니의 나이를 훌쩍 넘어 이 사진을 보는 느낌은 사뭇 신기하고 새롭다. 아버지가 멋 내는 것을 좋아하는 청년 이었다는 사실은 안성 사시는 이모님께 숱하게 들었지만 사진 속 아버지의 저 비스듬하게 선 포즈에서 나는 환갑을 넘어서도 매주 기타 동호회에 나가시는 아버지의 내면에 존재하는 어떤 방랑 기질을 읽는다. 내 피에 흐르는 시인의 기질은 어쩌면 아 버지의 저 사선의 포즈에서 왔는지도 모른다. 반면에 어머니는 저 사진 속에서도 다소곳한 자세를 유지하고 계신다. 40년 가 까운 시간 너머 몸이 조금 불고 세파가 남긴 주름이 새겨졌을 뿐, 저 모습 그대로다.

사진을 들여다보는 어느 추운 겨울날의 오후, 나는 난데없이 혼자서 엉뚱한 상상을 하는 것이다. 내가 1978년 3월생이니까, 저 사진 속의 어머니 배 속에는 내가 아직 잉태되기 전이다. 어머니께 들은 바로는 연애를 막 시작할 무렵 보문산이던가, 어디 유원지에 가서 찍은 사진이란다. 저 날 이후, 만약 아버지가 변심을 했다면 어떻게 됐을까. 다른 아가씨를 사랑하게 되어 내가 모르는 그 아가씨와 결혼했다면 내가 이 세상에 존재할까. 아버지의 삶은 어떤 곳으로 흘러갔을까. 어머니 쪽의 사정도 마찬가지다. 어머니가 어느 날 이 남자는 아니다, 하고 마음을 달리 먹었다면 나는 어머니의 배에 들어앉지 못했을 것이다. 그렇다면 어머니는 다른 청년을 사랑하게 되었을까. 그렇다면 어머니의 삶은 어떤 방향으로 진행되었을까.

이런 불경스런(?) 생각을 하는 오후다. 당연하게도 이 세계에는, 필연으로 맺어지는 어떤 관계는 없다. 우연을 필연으로 만들려는 어떤 태도나 의지들은 가능하다. 우연인 것을 필연이라고 서로 강요하고 윽박지를 때 보이지 않는 폭력들이 생기는 것은 아닐까. 우연인 것을 필연이라고 착각할 때 타인에 대한 경외감과 존중 대신 아집에 사로잡히는 것은 아닐까.

오늘은 우연히 맑은 날이어서 먼 산의 잔설이 보이고 오늘은 우연히 이 사진 생각이 나서 나는 내가 존재하지 않았던 1976년을 상상한다. 오늘은 우연히 창문 밖 나뭇가지가 몇 개 더 떨어졌고, 오늘은 우연히 대학 동창이 갑작스럽게 내 생각이 났다며 점심 무렵 전화를 걸어왔다. 그래서 오늘은 우연히 나는 대학 시절의 시작 노트를 꺼내 보면서 혼자 키득거렸다.

흑백 사진을 들여다보는 오후다. 그런데 저 사진 속 우연히 카메라에 잡힌 저기 급하게 걷는 여자는 지금 이 시간, 어디를 걷고 있을까.

사북 행

습관이 반복되면 그 습관이 어떤 믿음이 될 때가 있다. 막연한 이유로 시작한 습관이 그 습관 없이는 아무것도 진행할 수 없는, 근거 없는 믿음으로 변할 때가 있다. 내게는, 어딘가로 떠날 때 가방에 이성복의 시집을 챙기는 습관이 그렇다. 이 시집 한 권이 나의 불확실한 길을 지켜줄 수 있다는 막연한 믿음. 문득 떠나고 싶을 때 터미널이나 역 광장에서 서성일 때, 아무렇게나 앉아 이성복 시집을 읽다가 갈 곳을 정하는 것이다.

어떤 단어를 따라, 어떤 문장이 이끄는 힘을 따라, 논리로는 설명할 수 없는, 그 문장이, 그 시가 지시하는 방향이 내게는 분명히 있다. 그러니까 내가 이 시집을 들고 다니는 것이 아니라 이 너덜너덜한 시집이 내가 갈 곳을 정해주는 것이다. 홀린 듯 지명에 이끌려 티켓을 끊고 홀연히 낯선 곳에 내렸을 때 다시 읽어 보는 시. 그 낯선 땅이 이성복의 시를 받는다. 이성복의 시들이 그 낯선 땅의 낯선 길들을 이끌고 가는 것이다. 계절의 미세한 변화, 난분분한 꽃들, 그리고 그 지역마다 다른 새 떼들의 비행 높이.

아무 곳이나 펼치기. 읽기. 매번 다르게 읽히는 시들. 들어가기. 아프기. 침묵하기. 침묵하지 않기. 그리고 내 노트에 적는 문장들이 있다. 대낮인데 아직 꺼지지 않은 가로등이 있고 주인을 끌고 가는 늙은 개가 있다. 너저분한 식당의 마찬가지로 너저분한 테이블 위, 허기진 국수 한 그릇의 낯선 시간이 있다. 그런 날, 내가 국수를 먹는 것이 아니라 문장들이 국수를 먹고 있다는 생각.

볕 좋은 강가에 앉아 느리게 산책하는 사람들을 바라보는 일, 오종종 걷다 말고 꽃을 꺾는 소녀의 흰 손을 물끄러미 쳐다보는 일, 늦은 저녁 허름한 식당에 들어가 국밥에 소주를 조용히 마시고 어디, 민박집에 들어가 함부로 박힌 못들에 외투를 걸고 누워 있는 일, 전화기를 꺼 놓는 일, 물소리가 들리면 그 물소리에 마음을 얹어 보는 일, 그래도 마음이라는 짐승이 지치지 않으면 노트를 꺼내어 어슬렁어슬렁 숲 속을 헤매는 짐승의 그림자를 따라 문장을 적어 보는 일, 새벽까지 지치지 않은 마음을 데리고 어슬렁어슬렁 강가를 따라 걸어 보는 일.

그리고 강물과 식물과 돌멩이들과 계절과 나만 남았을 때, 마침내 찾아오는 질문. 뒹구는 돌은 언제 잠을 깨는가. 뒹구는 돌처럼, 아무도 모르는 강가에서 아무도 모르게 뒹구는 돌처럼, 내 안의 짐승을 풀어 놓는 날이 있다. 잘 가라, 나의 질문은 나의 질문이 아니었으니, 나의 문장은 나의 문장이 아니었으니, 잘 가라, 저 돌멩이들도 뒹굴다가 뒹굴다가 사라지리라, 적막천지 잿빛 하늘을 떠도는 공기들아, 뒹구는 돌은 언제 잠 깨는지 묻지 말고 너희들의 입술만 물고 떠돌아다니렴. 그리고 낯선 이름이 떠오른다.

뒹구는 돌은 언제 잠 깨는가. 그리고 긴 침묵.
믿음은 침묵 속에 있고 침묵은 믿음 속에 있다.
아무것도 없다는 믿음 하나만 다시 확인하고 돌아오는 날이 있다.

그리고 긴 침묵. 뒹구는 돌은 언제 잠 깨는가.

나에게 주는 여행

영등포역에서 급하게 티켓을 끊고 급하게 올라탔던 기차였다. 하행이었고, 천안이라는 글자가 보였고, 으레 대전을 통과하겠거니 생각하고 탔던 기차였다. 약간의 울렁거림과 밤을 꼬박 샌 신체 곳곳의 이물감, 아침 기차 특유의 피로함이 섞인 객차 안에서 창밖을 보고 있었다. 시집 몇 페이지를 읽다 말고 잡생각을 하다 말고 기차가 천안을 통과할 때, 무언가 잘못되고 있다는 것을 깨달았다. 낯선 지명이 보이고 들리기 시작했다.

온양 온천. 예산.

그러니까 나는 경부선이 아니라 장항선을 탄 것이었다. 그대로 갈 수 없으니 내릴 수밖에 없었다.

예산역이었다. 황망함과 설명할 수 없는 설렘 같은 것이 마구 뒤섞인 상태로 플랫폼에 오래 서 있었다.

예산이구나.

충남 내륙지방. 당진 대전 간 고속도로 사이. 아버님이 목사로 계시는 대학 동창의 고향. 수덕사.

머릿속을 빠르게 지나가는 이 얇은 정보가 예산에 대해 알고 있는 전부였다. 예산역 광장을 빠져나와 역 근처를 느리게 배회했다. 황량함과 충청도 특유의 느린 리듬 같은 것이 섞여, 발걸음을 내내 따라왔다. 짧은 시가지를 걸으며 숙취 속에서, 낭패감 속에서 설명할 수 없는 안도감이 느껴졌다. 마침내 나는 나의 티켓으로부터도 이방인이 된 것이었다.

궤도에서 이탈했다는 묘한 흥분감, 의도하지 않은 여행(?)이 주는 설렘 같은 것이 낭패감과 모멸감의 자리로 빠르게 이동하고 있었다. 일요일의 장항선 철로를 따라 느리게 최대한 느리게 걸었다. 이렇게나 쉽게 나는 나 자신으로부터 낯선 사람이 될 수 있었다. 다시 기차는 타기 싫고, 터미널 쪽으로 물어물어 이동했다. 1시간 후에 도착한다는 버스를 기다리며 예산 터미널 의자에 앉아 있었다. 시집 몇 페이지를 읽다 말고 잡생각을 하다 말고 버스에 천천히 올라탔다. 대전행 버스는 아니었다. 좌석에 앉아 있는데 실없이 웃음이 났다. 그해 가을, 내가 나 자신에게 처음으로 선사한 웃음이었다.

걷기 좋은 계절

걷기 좋은 계절이 오고 있다. 언젠가부터, 봄은 내게 그냥 걷기 좋은 계절이다. 얇은 티셔츠에 점퍼를 입고 편한 바지를 입고 운동화를 신고 내내 걸었다. 목적 없이, 방향 없이 '나'라는 이물감이 없어질 때까지 걸었다.

간판 불을 끈 어두운 상점들의 거리. 빈 택시. 횡단보도. 가로수들. 작은 놀이터. 편의점 바깥 의자에서 맥주를 마시는 젊은 연인들. 특징이 없다는 게 이 도시의 특징이다. 그리고 2월의 내면들.

불면이다. 이번 불면은 좀 지독한 데가 있다. 2주 넘게 진행되고 있는 이 불면의 괴로움은 아무것도 읽을 수 없다는 데 있다. 한 페이지에서 10분 넘게 머물 때가 많다. 문맥을 잃고, 멍

하게 있다가, 종이를 만지면서, 이게 나무였지, 하고 중얼거리
는 오후의 햇빛 속에서 대체로 그냥 앉아 있는 날들이다.

슬픔도 슬퍼할 수 있는 힘이 있어야 슬퍼하는 것이고, 의심
도 의심할 수 있는 힘이 있어야 의심하는 것일 텐데, 나는 이러
다 좀비가 되는 것은 아닐까, 하는 엄살이 맴돌았다. 그럴 땐
그냥 걸을 수밖에 없다.

"쓰고 싶은 시가 무얼까", 내내 생각하면서 걸었다. "시를 쓰
는 일은 하나의 태도를 갖는 일이 아닐까", 생각하면서 걸었
다. 스스로를 동정하지 않는 일, 낮아지는 일, 낮아져서 내가
겪는 타인들과 사물들을 높이는 일, 존귀하게 하는 일, 같이
귀해지는 일. 그런 시를 쓸 수 있으면 좋겠다.

만약에 구원이 있다면 그것은 빛의 형태로가 아니라 어둠의
형태로 올 것 같다. 낮은 곳에서 낮은 곳으로, 우리가 걸으면
서 밟을 수 있게, 구원이라는 것이 있다면 그렇게 조용히 깔리
는 것이라고 생각한다.

구원이라는 것이 있다면 그것은 반복을 견디는 일이라고 생
각한다. 낮과 밤의 반복, 일상의 반복, 계절의 반복, 기후의 반
복, 감정과 의지와 마음의 반복을 견디는 일. 그 반복과 그 견
딤을 기어이 사랑하는 일. 걷는 것처럼, 걷는 것처럼, 계속 걷

다가 '다른' 사람이 되어 보는 것처럼, 나는 이 반복을 견뎌야겠다.

걷기 좋은 계절이 성큼성큼 오고 있다. 그것이 요즈음의 작은 구원이다. 기다리면서, 기다림을 반복하면서, 속으면서, 다시 믿으면서 계속 걸어야겠다.

폐허에 가까워지는

당신이 없는 당신의 방에서, 없는 것들로 가득 찬 당신의 방에서 나는 조금 죽어가는 것처럼 누워 있다. 초록이 점령한 땅. 11월을 기다리는 마음. 우리는 이곳에 있는 게 좋지 않아서. 어쩌면 나는 당신을 기다리지 않을지도 몰라.

어쩌면 나는 부재로 꽉 찬 이 공간이 좋은지도 몰라. 당신은 부재로 완성되었지. 언제나. 당신이 부재한 시간과 공간에서 완성되는 울음. 기어이 누선을 자극하는 어떤 리듬들이 있어.

죽음을 닮은 새벽과 당신이 없는 당신의 방과 내가 사랑하는 없음들. 여기서 조금만 더 가면 나는 정말 죽을 수 있을 것만 같고. 죽음이 은유가 아닐 때 우리가 빌려 쓰던 단어들. 당신이 온전히 소유하는 그 단어들을 나는 사랑했다.

산문이 될 수 없는 문장들과 리듬을 잃은 문장들. 우리는 기어이 그곳을 찾아 서로를 미워하면서. 가망 없는 가망과 약속 없는 약속의 땅에서. 나는 당신의 없는 이마를 만지면서. 저기, 저, 지상으로 낙하하는 새들 좀 봐.

당신을 기다리지 않는 마음으로 완성하던 어떤 기다림. 폐허에 가까워지는, 폐허는 될 수 없는 저 무심한 거리들의 다정함을 보게나. 당신아, 밥 먹자, 응?

부재, 견디기, 못 견디기

너의 부재를 설명하지 못하면 나는 무의미하다.

— 이광호

*

바다 하나를 사이에 두고 있어서, 같은 대륙에 있지 않아서 내가 너를 더 그리워하는 건 아닐 것이다.

예기 불안.

미리 두려워하는 것.

돌아올 수 없다고 막연하게, 돌아오지 않을지도 모른다고 막연하게, 막막하게 공포에 떠는 것.

그것을 온전히 사랑이라고 할 수 있을까.

'여기에 없음'과 '부재'와 '사라진다는 것'은 어떻게 다를까. 너는 이곳에 단지 없는 것일까. 너는 부재로 이곳에 나와 함께 있는 것일까. 너는 홀연 언젠가 사라질 것인가.

작은 나무들이 제 그림자를 데리고 밤으로 사라진다.

언젠가 네가 앉았던 자리에 앉아 보는 것이다. 쓰다듬어 보는 것이다. 건너편 자리를 오래 응시해 보는 것이다. 부재는 부재를 사랑하고 나는 너를 사랑하는 것이다. 잠연하게, 소리들이 소리에 섞이는 것이다.

섞인다는 것.

단 한 사람을 향해 글을 쓴다는 것.

은밀해진다는 것.

연인들은 은밀을 편애하고 나는 너의 부재 속에 머무는 것이다. 너는 이곳에 있지 않다, 너는 이곳에 있지 않다, 너는 이곳에, 있, 지, 않, 다. 새들이 제 그림자를 데리고 밤으로 사라진다.

침묵은 침묵을 사랑하고 나는 너를 사랑하는 것이다. 너의 부재를 나는 설명하지 못하는 것이다. 바다 하나를 사이에 두고 네가 웃고 있는 것이다. 소리는 소리를 사랑해서 서로 섞이고, 그림자는 그림자를 사랑해서 서로 엉키고, 나는 혼자 있는 것이다.

부재에게, 단 하나의 부재에게 너의 부재를 설명하고 있는 것이다. 슬픔은 슬픔을 사랑하고, 액체는 액체를 사랑하고, 나는 너를 사랑하는 것이다. 지금 내리는 비에는 철학이 없고, 바람이 없고, 네가 없는 것이다.

부재에게 부재를 설명하기 위해서는 간절함이 필요한 것이다. 단 한 사람의 눈동자가 필요한 것이다. 네가 없는 시간 속에서, 네가 없는 시간 속으로, 무너지는, 단 한 사람의 무릎.

어쩔 수 없음. 무기력. 순간 들끓는 몸.

빗방울이 그림자도 없이 제 소리를 데려간다. 없는 곳에서, 없는 곳으로, 네가 웃으며 걸어가는 것이다. 의심 많은 길고양이가 나를 오래 쳐다보는 것이다. 사랑은 사랑을 사랑하고 기다림은 기다림을 기다리는 것이다. 나는 너의 부재를 설명할 수 없는 것이다.

나는 천천히 울기 시작하는 것이다.

지하실

가장 좋아하는 단어가 뭐냐고 물어 보기에, 대뜸 '창문'이라고 말했다. 전화를 끊고 생각했다. "그 사람은 왜 그걸 물어 봤을까. 나는 왜 창문이라고 말했을까." 이유 없이 물어 봤을 것이다. 내가 이유 없이 창문이라는 단어를 좋아하는 것처럼. 그리고 몇 개의 창문을 나는 생각해냈다.

할아버지가 담배를 피우던 창문, 아버지가 갈아 끼우던 커다란 창문, 기숙사의 창문, 첫사랑이 살던 그 집의 창문, 하숙방의 창문, 자취방의 창문, 기차의 창문, 버스의 창문, 병원의 창문. 내가 모르는 내 기억 바깥의 창문. 당신의 창문.

내 최초의 기억은 창문이 깨지던 장면이었던 것 같다. 왜 깨졌는지, 어떤 연유로 깨졌는지 모르겠지만 내가 나의 기억이라고 부를 만한 것의 맨 앞자리에는 창문 깨지는 소리가 있다. 그리고 지금 내 눈 앞에는 반쯤 열어 둔 겨울의 창문이 있다. 환기를 시키려고 열어 두었는데 찬 공기가 나쁘지 않다. 이 시간에 창문을 여는 사람이 또 있겠지. 쓸데없는 생각들. 쓸모없는 생각들.

저녁에는 개를 데리고 지하 서가로 갔다. 눈 먼 개와 창문이 없는 지하. 책을 찾으려고 갔는데 잡다하게 어지럽게 꽂힌 책들을 뒤적거리다가 그만두었다. 그리고 눈 먼 개의 먼 눈을 쓰다듬는 저녁이 있었다. 스탠드를 켜고 낮은 조명에서 개와 한참을 놀았다. 아니, 놀았다는 것은 내 생각이고 개는 벌벌 떨었을 것이다.

시력을 상실한 개는 행동반경이 좁아진다. 조금만 낯선 곳에 가도 벌벌 떤다. 떨지 말라고 쓰다듬어줘도 떤다. 녀석, 녀석, 녀석, 떨다가 나의 손등을 핥는 녀석. 아무 일도 일어나지 않은 날이었지만 아무 일도 일어나지 않아서 무서운 날이 있다. 어제가 그랬다. 12월은 담벼락 낮은 누군가의 집에 달라붙은 그림자 같고, 대롱대롱 매달려 그림자가 자신을 복제하는 그림자인 것만 같다. 누군가가 죽을 것 같은 예감, 내가 사랑하는 누군가가 죽을 것 같은 예감처럼 매년 그렇게 지나간다. 조문 갈 준비를 못했는데 갑자기 사람이 죽고, 조문 갈 준비를 다 했는데 아무도 죽지 않는다.

창문에서 조문까지 쓸데없는 생각이나 하던 저녁, 침대에 벌러덩 누워서 개를 쓰다듬던 저녁. 소리 없는 피아노가 한 대 있고, 아무것도 쓰지 않은 커다란 화이트보드가 있고, 짙은 색 테이블이 있는 지하실에서 빨간 유성펜으로 줄을 하나 길게 긋고 나는 그 밑에 '해변'이라고만 써 두었다. 개가 뛰어다니고 창문이 날아다니는 해변.

불을 끄고 나오려는데 내가 품은 개의 눈이 녹색으로 빛나고 있었다. 녹내장, 마치 두 개의 작은 창문처럼, 굿바이, 굿바이, 나는 다시 나의 창문 앞에서. 창문을 열려면 창문이 거기 있어야 하듯이. 열린 창문을 닫으려면 거기, 열린 창문이 있어야 하듯이.

무의미를 견디는 일

시가 잘 되지 않는 날은 터미널 주위를 걷습니다. 오래 걷습니다. 아무런 목적 없이 걷습니다. 산책이라기엔 너무 길고 방랑이라기엔 짧은, 그런 시간을 걷습니다. 나는 어쩌다 터미널 근처에 살게 되었을까요. 터미널은 무엇일까요.

터미널은 웃는 곳입니다. 우는 곳입니다. 기쁜 곳입니다. 슬픈 곳입니다. 도착하는 곳입니다. 떠나는 곳입니다. 설레는 곳입니다. 두려운 곳입니다. 막막한 곳입니다. 멍징한 곳입니다. 답답한 곳입니다. 자유로워지는 곳입니다. 시작입니다. 그리고 끝입니다. 사실, 아무것도 아닌 곳입니다.

시를 쓰는 일은 무의미를 견디는 일이라고 써 봅니다. 무의미를 견딜 수 있을 것 같습니다. 조금 견딜 수 있을 것 같습니다. 견디고 있다는 사실을 모르고 견디는 일, 쓰고 있다는 사실을 모르고 쓰는 일, 사랑하고 있다는 사실을 모르고 사랑하는 일, 그런 것이 겨우 시 같습니다. 그런 것으로 겨우 시를 짓습니다. 겨우 살아갈 수 있을 것 같습니다.

무의미를 견디고 있다고 쓸 것입니다. 더 견디겠다고 쓸 것입니다. 무의미들이 찾아오라고, 찾아와서 잘 머물다 가라고 쓸 것입니다. 무의미를 찾아다닐 것입니다. 무의미해질 것입니다. 터미널 주위를 배회하는 일이 더 많아질 것 같습니다. 터미널 같은 시를 쓰게 될 것 같습니다. 웃음과 울음이 한 몸인, 겨우 한 몸인 시를 쓰게 될 것 같습니다.

그냥

그냥 불안한 게 가장 불안하고, 그냥 미운 게 가장 어쩔 수 없고, 그냥 쓴 시가 가장 아름답고, 그냥 걷는 일이 가장 무기력하게 가장 다정하고, 그냥 울 때가 가장 슬프고, 그냥 사는 게 가장 잘 사는 것 같고, 그냥 사랑할 때가 돌이킬 수 없는 것 같다.

사람을 쬐는 일

오후 두 시. 카페에서 산문을 하나 쓰고 있는데 경미한 발작이 찾아왔다. 순간 호흡이 가빠지고 심장 근처에 실금이 가는 듯한 통증이 느껴졌다. 여느 때 그랬던 것처럼 벨트를 풀고 심호흡을 시작했다. 통증은 가라앉지 않고 계속 커졌다. 나도 모르는 통증 앞에서는 어쩔 수 없다. 지나가라고, 잘 머물다 지나가시라고 기도하는 수밖에 없다. 그렇게 오후 두 시가 지나고 여느 때처럼 평온이 겨우 찾아왔다. 또 지나갔구나, 생각하는데 옆의 옆 테이블과 뒤의 뒤 테이블에서 사람들이 얘기하고 있다는 사실을 알았다. 그러니까 나도 모르는 사이 나의 통증을 진정시켜준 것은 어쩌면 저 사람들의 기척일지 모르겠다는 자각이 뒤따라왔다.

그럴 때가 있다. 새벽까지 작업하고 기진맥진해서 카페에 앉아 있을 때 어떤 기운 같은 것을 주는 것은 언제나 사람이었다. 조금 먼 곳에 있는, 내가 모르는 사람의 온기가 나를 지켜줄 때가 있다. 송재학 선생님의 어떤 문장이 순간 지나갔다.

내 대낮의 산책길인 금호강의 긴 방죽에서 초로의 사내와 조우했다. 늙은 사내는 구부정한 어깨, 퀭한 두 눈, 힘없는 걸음으로 다가왔다. 게다가 쉴 새 없이 뭐라고 중얼거린다. 아마도 욕지거리라도 뱉어내는가 보다. 하지만 그도 나처럼 햇빛이 절실하고, 누군가의 소망처럼 사람을 쬐는 것도 필요했다. 그는 나를 스치는 대신 내 육신을 통과했다. 아마도 사내도 나처럼 생의 예외에 대해 놀라지 않았을까. 몇 걸음 지나서 사내와 나는 고개를 돌려 서로 힐끔 바라보았다.

— 송재학 시집 《검은색》 뒤표지 글.

우리는 서로 닿고 아프고 욕하고 죽이고 해도 '사람을 쬐는' 일이 필요한 것 같다. 이를테면 사람만이 전할 수 있는 온도가 있고 사람만이 전할 수 있는 알 수 없는 것이 있어서 이렇게나 익명적인 공간을 견딜 수 있는지 모른다. 카페에 혼자 앉아 있는 오후 3시가 지나고 있다. 오늘은 사람을 쬐고 싶어서 사실 카페에 왔는지 모르겠다. 누구든 오시라, 누구든 머물다 가시라. 내가 당신들을 쬐고 당신들이 나를 쬐고, 그 힘으로 조금 더 버틸 수만 있다면 우리, 이 낯선 삶이 조금은 덜 어색하지 않겠는가.

오래된 기도

나에겐 오래된 기도의 방법이 있다. 대체로 밤에, 무언가 부족한 게 많아서 무언가 남아도는 게 많아서 혼자 있는데 혼자가 안 될 때, 내 마음이 내 마음이 아닐 때, 이유 없이 불안하고 두려울 때 불을 끄고 샤워를 하는 것이다. 나의 욕실은 무척 단순한 구조여서 자그마한 거울과 수건이나 칫솔, 비누를 놓아두는 작은 서랍장과 변기 정도가 전부다. 우선, 약간 뜨겁다고 느껴질 만큼의 물이 필요하다. 바디 클렌징이나 비누 같은 것은 쓰지 않고 샤워기의 물이 몸 구석구석에 닿을 수 있게 각도를 조절하는 것이다. 중요한 것은 빛이 전혀 없어야 한다는 것인데, 이 기도의 핵심은 어둠과 물이다. 짧게는 30분, 길면 1시간 정도 완전한 어둠 속에서 물을 맞고 있으면 일단 신체가 이

완되는 느낌을 가질 수 있다. 눈의 입자가 녹아서 물로 돌아가는 것 같은, 늦가을까지 내내 버티다가 이제 막 낙하를 시작하는 나뭇잎 같은, 무엇보다 아무도 모르는 늪지대에서 저 혼자 쓰러지는 식물의 뿌리 같은 안도감이 찾아온다.

그럴 때, 아직 이름을 갖지 못한 어느 오지 늪지대의 식물을 나는 생각하는 것이다. 그 식물이 한밤에 장대비를 맞는 것을 상상해 보는 것이다. 시력을 반납하고 몸의 윤곽을 반납하고 기억을 반납하고 태아로 돌아가 보는 것이다. 물과 어둠이 세계의 끝이라고 생각해 보는 것이다. 마침내 그 생각마저 반납하고 오로지 촉감으로만 물을 받아 보는 것이다. 이를테면 '나'라고 할 만한 것들이 모두 사라지고 세계가 홀연 물로 가득 차는 것이다. 반납할 수 있는 것을 반납하고 반납할 수 없는 것도 돌려줄 수 있을 때까지 젖는 것이다. 물에는 애초에 마음이 없었을 테니까 내가 가진 마음들을 전부 물에게 주는 것이다. 그때부터는 물의 마음이 쏟아지는 것이다. 몸과 마음이 하나인 물.

불안이 없어지고 두려움이 없어지고 세계가 없어지는 것이다. 경제가 없어지고 먹어야 할 약들이 없어지고 전쟁이 없어지는 것이다. 없애고 싶다는 생각마저 없어질 때까지 가만히 물에 젖고 물소리를 듣는 것이다. 대체로 불안에는 '내'가 너무 많고 대체로 두려움에도 '내'가 너무 많다. 경험상, 공황장애도 불안장애도 우울증도 '내'가 너무 많아서 생기는 병이다. 내가 없어지는 곳에는 무엇이 있나. 내가 가장 깊숙이 들어갔던 책들의 페이지가 있다. 이제는 내가 기억하지 못하는, 유년 시절 지칠 때까지 놀던 저녁이 있다. 이 세상에 없는 섹스가 있다. 언어를 거부하는 고요가 있고, 고요 아래로 떨어지는 고요가 있다.

물을 처음 만나는 식물이 어둠을 처음 경험하는 식물에게 닿는 것처럼 나의 오래된 기도는 은밀을 사랑한다. 연인과 같이 하면 더 은밀해질 수 있는 기도라는 것은 비밀로 해둬야겠다.

슬픔 하나가 짐승처럼

무엇이 '없다'는 것으로는 아무것도 쓸 수 없다. 무언가가 없다는 사실이 비로소 '있을' 때 어떤 문장들은 시작된다.

당신은 지금 이곳에 없다. 나는 어떤 문장도 불가능하다. 나는 당신의 부재를 견디면서 동시에 아무것도 쓸 수 없다는 무력감을 견딘다. 당신이 '없다'는 것은 당신의 부재를 실감할 수 있는 '내'가 없다는 말과 같다. 나는 공백으로만 존재할 수 있을 뿐이다. 무언가를 쓰는 일은 당신이 없다는 사실이 비로소 '있음'으로 변화하는 순간 시작된다. 이것은 실감의 문제다. 나는 당신의 부재를 비로소 인정할 수 있다. 나는 당신의 부재를 견딜 수 있다. 나는 당신의 부재에 대해서 쓸 수 있다. 당신이

'없다'는 사실을 쓸 수 있는 내가 간신히 발생하는 것이다. 나는 이제 당신에 대해서 쓸 수 있다. 나는 이제 겨우 당신의 '없음'을 수락할 수 있다.

그 사이로, 거대한 슬픔 하나가 짐승처럼 기어간다.

식물들

식물들은 언제나 당신의 편입니다. 언제 죽는지 알 수 없지만, 죽을 때도 말입니다.

안부

안부 전화는 안부만 물을 때 서로 예쁘다. 안부는 핑계고 부탁이 끼어들 때 당신의 부탁으로 인해 나의 안부는 돌연 피로해진다.

카페 생활자

오후 2시. 오늘은 어쩌다 신탄진까지 왔다. 집에서 30분 거리다. 카페 2층 자리에 앉아 있다. 언젠가 들어 본 적 있는 가요가 흘러나온다. 그런데 저 음악이 주는 소음의 성격 따위에 나는 관심이 없다. 모든 음악을 바흐나 무음으로 바꾸는 신공이 생겼다. 나는 어느새 '카페 생활자'가 되어버린 것이다. 1년 전만 해도 나는 적막이 아닌 공간에서는, 정확히 말해 내 방이 아닌 곳에서는 글 쓰는 일이 불가능했다. 읽는 일조차 어려웠다. 내게 카페란 사람을 만나기 위한 공간, 그 이상도 이하도 아니었다. 나는 어쩌다 카페 생활자가 되어버린 것일까.

다른 글쟁이들은 어떨지 모르겠지만, 나의 경우는 글 쓸 당

시의 환경이 무척 중요하다. 미세한 공기의 흐름이라든가 조도
照度, 소리의 크기 같은 것들 말이다. 나는 대체로 적막을 사랑
하는 사람이었다. 대체로 밤 10시에서 새벽 5시 사이, 세계가
고요를 되찾은 시간의 깊은 고요를 사랑했다. 그 공간과 시간
이 아니면 어떤 글도 불가능했다. 오랜 습관이기도 했고, 스스
로의 리듬을 찾아 지키기 위한 어떤 약속 같은 것이었다. 내 방
과 깊은 밤. 이 두 가지 조건 아래서 나는 네 권의 책을 썼다.
시집 세 권과 산문집 한 권을 썼다.

　가장 익숙하고 평온한 공간이 가장 불쾌하고 가장 위험한 공
간으로 변하는 순간을 우리는 때때로 경험한다. 내게는 정확
히, 내 방과 깊은 밤의 시간이 그랬다. 써도 써도 비슷하게 나
오는 내 시들이 일단 못마땅했다. 30대 후반으로 접어들면서
급격하게 떨어지기 시작한 체력도 문제였다. 나의 체력은 깊은
밤을 견디지 못했다. 무언가가 잘 안 되고 있었다. 변화가 필
요했다. 친구를 만날 때, 카페에서 책을 읽거나 노트북에 무언
가를 쓰는 사람들이 신기했다. 그걸 해보자고, 스스로에게 다
짐했다. 2015년 2월이었을 것이다. 가방에, 대학 노트와 시집
몇 권을 넣고 무작정 집 근처 카페엘 갔다. 잘 마시지 않는 아

메리카노를 마시면서 오후 내내 카페에 앉아 있었다. 아무것도 쓸 수 없었고, 아무것도 읽을 수 없었다. 이대로 물러설 수는 없었다. 변화가 절실하게 필요했다. 다음 날도, 그 다음 날도 계속 갔다. 쓰는 쪽보다는 아무래도 읽는 쪽이 먼저 가능해졌다.

공간이 바뀐다는 것은 그 공간이 품은 시간도 같이 온다는 뜻이다. 적어도 내 경우엔 그랬다. 내가 겪는 공간과 시간이 달라지니 시도 문장도 다르게 읽혔다. 신기한 경험이었다. 그리고 어느 저녁, 대학 노트에 나는 무언가를 끄적거리기 시작했다. 대체로 시의 밑그림이 될 시작노트들이었다. 일단 카페에서 시작노트를 작성하고 집에 와서 시를 완성하는 공정이었다. 다른 공간에서 시를 쓰다 보니 '다른' 시가 나왔다. 지인들에게 시를 보여주니 조금 '밝아졌다'고 했다. 카페 테라스에서 쬐는 햇빛 탓이겠거니 했다. 1년 동안 무엇보다 많이 쓴 건 산문이다. 책을 읽다가, 일을 하다가 지겨워질 때 노트북을 펼쳐 놓고 무작정 쓰는 것이다. 그렇게 '쓰지 않고는 버틸 수 없는 여름'을 지나고, 나는 완전한 카페 생활자가 되어 버렸다. 이제는 집에서, 내가 사랑하던 바로 그 공간에서 집중할 수가 없다. 내게는 적당한 양의 소음이 필요하고 적당한 양의 햇빛이 필요하고 적당한 양의 사람이 필요하다. 그렇게 되어버렸다.

먼저 노트북이 백 프로 충전되었는지 확인해야 한다. 그리고 가방에, 최근에 읽는 시집과 산문집을 챙긴다. 그리고 마찬가지로 완전하게 충전이 된 보조배터리. 휴대용 충전기. 그리고 담배 한 갑. 그리고 나는 카페로 가는 것이다. 오늘 마주하게 될 익명의 누군가가 그리워지는 것이다. 오늘 듣게 될 내가 모르는 음악을 기다리는 것이다. 통이 넓은 유리창을 만나는 날에는 반드시 누군가에게 편지를 쓴다. 창 바깥으로 보이는 것들을 나열한다. 그것 하나로 마음이 평온해질 때가 있다. 유난히 나무가 눈에 띄는 날엔 반드시 시작노트를 작성한다. 직접 카페에서 시를 쓸 때도 있지만 일단 시작 노트로 만족한다.

한 번은 이런 일도 있었다. 혹시 박진성 시인 아니신가요. 맞는데요. 어머, 맞네요. 반갑습니다. 잠시 앉아도 되나요? (……) 괜찮으시다면 제가 술 한 잔 사고 싶은데요. 저야 고맙죠. 소주 좋아하세요? 맥주는 좋아합니다. 그렇게 낯선 여자 분에게 술 한 잔 얻어 마시고 집에 오는 길이 그렇게도 좋았다.

나는 예전보다 더 우연을 사랑하게 되었다. 나의 사랑하는 우연들은 전국 곳곳에서 나를 기다리고 있으므로 나는 더욱 열심히 카페를 떠돌아다닐 것이다. 어쩔 수 없이, 마침내, 우연들을 받을 준비가 나는 되어 있다. 안녕? 우리 우연히 만나면 제가 커피 한 잔 사드릴게요.

커피맨션문장

커피맨션문장. 최근에 알게 된 카페다. 어떤 공간에 마음을 준다는 것은 그 공간이 품고 있는 시간에도 같이 마음을 준다는 뜻이다. 최근에 나는, 이 공간에 마음을 다 주고 있다.

대전 대흥동.

나는 그곳에서 청소년기를 보냈다. 술 먹고 담배 피우며 떠돌던 고등학교 시절, 대흥동은 내게 천국과 같은 곳이었다. 첫사랑과 손잡고 내내 떠돌던 곳. 첫사랑과 첫 키스 했던 곳. 마침내 첫사랑에게 버림받은 곳이 대흥동이다. 원도심에 위치해서 다행인지 불행인지 예전의 기억들을 그나마 훼손당하지 않고 보존하고 있는 곳이다. 커피맨션문장. 2주 전 우연히 간 카페다. 담배 피우러 3층에 올라가면 대흥동 거리가 한 눈에 들어온다. 내가 떠돌던 20년 전의 시간이 한 눈에 들어온다.

커피맨션문장. 입에 잘 붙지 않는다.

부잣집 곰탕 2층에 위치한 커피맨션문장. 밝은 색의 목조로 디자인해서 나무 냄새가 날 것 같은 커피맨션문장. 세미나실이 있어서 세미나 하기 좋은 커피맨션문장. 세미나실에서 세미나는 안 하고 창 넓은 유리나 바라보며 오후를 보내기 좋은 커피맨션문장. 더치커피 아메리카노가 참 맛있는 커피맨션문장. 음료로 생수 대신 보리차를 비치해 두는 커피맨션문장. 젊은 사장이, 33살이었나, 문예창작과를 졸업한 커피맨션문장. 아마도 문창과라는 이력이 '문장'이라는 상호를 가능하게 했으리라 생각되는 커피맨션문장. "박진성 시인 맞으시죠? 팬입니다, 사인 좀 부탁드려도 될까요" 하며 수줍게 나의 시집 두 권을 내밀던 사장이 운영하는 커피맨션문장. 작년(2015년) 9월에 문을 열었다는, 여러 가지 문화 행사를 하고 싶다는 사장이 운영하는 커피맨션문장. 휴지가 떨어져 손님이 당황할까 봐 화장실 벽 한 쪽 종이 가방에 휴지를 담아 놓은 커피맨션문장. 일요일 저녁 바흐의 'G선상의 아리아'가 흐르는 커피맨션문장. 적당한 테이블 간격을 두고 옆 테이블의 시시콜콜한 이야기를 시시콜콜 듣기 좋은 커피맨션문장. 한화생명 이글스 파크와 가까워서 커피 마시다가 야구 보러 가고 싶은 커피맨션문장. '맨션'의 맨션은 아마도 가정집을 개조해서 만든 탓에 그렇게 이름 붙인 듯한 커피맨션문장. 이름이 다소 길지만 한 번 입에 붙으면 '문장'이라고 하지 않고 풀네임으로 '커피맨션문장'이라고 부르고 싶은 커피맨션문장. 벽이 아직은 너무 헛헛해서 액자를 선물하고 싶은 커피맨션문장. "작가님, 커피 더 필요하시면 말씀해주세요"라고 친절하게 말 건네 오는 사장이 참 고마운 커피맨션문장. 그리고 지인 몇과 같이 갔더니 "어머, 카페가 참 예쁘네" 하던 커피맨션문장.

카페 떠돌이 1년. 임자를 만난 기분이다. 그곳에서 〈대전에서 시 읽기〉 강좌를 열기로 했다. 1주일에 한 번, 시를 쓰지는 않지만 시를 같이 읽고 싶은 사람들을 모아서 같이 시를 읽는 자리를 마련해 보기로 했다. 젊은 사장과 의기투합했다. 어떤 공간에 자꾸 가고 싶다는 것은 그 공간이 품고 있는 시간이 마찬가지로 궁금하다는 얘기겠다. 2월 29일. 곧 봄이다. 창 넓은 유리로 꽃이 피고 꽃이 지고 장미가 피고 장마가 지고…커피맨션문장에 그렇게 들락거릴 것 같다.

같다

   내가 자란 세대는 "그러면 그렇고 아니면 아닌 거지 같다는 뭐냐"는 타박을 들으며 자란 세대인 것 같다. 그런데 요즈음의 '같다' 어미는 틀린 것과 다른 것과 불확실한 것과 불안한 것들이 섞인, 어쩔 수 없이 채택할 수밖에 없는 종결어미인 것 같다.

폭력

내가 좋아하는 것을 당연히 타인도 좋아할 것이라는 착각.
폭력은 그렇게 사소하게 시작된다.

자기비하와 나르시시즘

지나친 자기비하는 나르시시즘의 다른 이름이기도 하다.
과도하게 자신에 집착한다는 점에서, 둘은 같다.

시를 타이핑하는 이유

한 가지 일을 20년 가까이 하고 있다면 그건 취미가 아니라 습관이 아니라 생활이다. 내겐 시를 타이핑하는 일이 그렇다. 나는 어쩌다 시를 20년 가까이 타이핑하게 되었나. 거슬러 올라가면 아무것도 쓸 수 없었던 30대 초반의 무기력했던 밤이 있고, 더 거슬러 올라가면 시도 때도 없는 발작으로 괴로워하던 스무 살의 청년이 있다. 나는 어쩌다 시를 타이핑하게 되었나.

시집 한 권으로 일주일을 버틸 수 있었던 20대 초반의 무렵들. 마음이 요란하게 붕 떴을 때나 반대로 내 마음이 내 마음을 너무 깊게 찌를 때, 시집을 한 권 컴퓨터 옆에 두고 나는 그 시집 속의 시들을 나의 한글 파일에 옮기기 시작했다. 경험상,

시를 타이핑하게 되면 최소한 한 편의 시를 세 번은 읽게 된다. 처음에 눈으로 한 번, 두 번째 손으로 한 번, 오타가 있나 없나 다시 눈으로 한 번. 깊게 읽을 수 있을뿐더러 그 시가 그 시 모르게 가지고 있는 리듬이나 '시의 시각적 미학'까지를 나의 피부에 이식시킬 수 있다. 그 느낌을 어떻게 언어로 설명할 수 있을까. 벌써부터 응급실 침대에 누워 있는 마음을 질질 잡아당기면서 시를 타이핑하며 간신히 버텼던 새벽들, 어떤 시들을 다시 읽으면 그날의 위태로웠던 공기들이 고스란히 배어 있다. 자신이 좋아하는 시들을 자신의 파일에 담아 언제든 'ctrl + F' 단축키로 찾을 수 있다는 편의는 덤으로 얻는다.

좀 거창하게 말하면 타인의 시를 타이핑하는 일은 '나'에게로 온통 집중되어서 과잉된 감각을 '타인'에게 분배하는 작업이다. 내가 왜 시 타이핑을 멈추지 못하는지 이성복의 《무한화서》를 읽다가 알게 되었다. 이성복은 이렇게 말하고 있다.

자신에게 신경 쓸 때는 불안한 마음이 들어도, 남에게 신경 쓸 때는 불안하지 않아요. 까닭 없이 불안할 때는 내 관심이 어디로 향하는지 살펴보세요. 불안은 방향을 바꾸라는 신호예요.

— 이성복 시론 《무한화서》 중.

어느 유행 가사처럼 내 안에 내가 너무 많을 때, 많아서 우글거리고 저희들끼리 육박전을 벌이며 싸울 때, 그놈들을 다스리는 방법으로 나는 시 타이핑을 선택한 것이다. '나'에게로 향한 과잉된 몸짓이나 '마음짓'들을 타인들에게 돌려보내는 행위. 돌려보내서, 너희들의 운명을 가지고 너희들끼리 살라고 토닥여주는 행위가 내게는 시를 타이핑하는 일이었던 셈이다. "불안은 방향을 바꾸라는 신호", 불안했던 밤들아, 내가 손가락으로 토각토각 새겼던 활자들 따라 너희들, 내게 달라붙지 않고 새벽으로 잘 소멸해주었구나.

그 많던 밤들의 활자들이 내 몸에서 이제는 저희들의 리듬으로 운행하고 있겠구나. 내가 모르는 리듬으로 내 몸속을 둥둥 떠다니며 나의 다른 장기臟器 같은 것이 되었구나. 그 장기로 숨 쉬며 나, 겨우겨우 어떤 시절들을 건너왔구나.

불가능을 이긴다

더 사랑하는 쪽이 진다는 말은 맞는 말이다. 매번 지되, 매번 져주는 것. 더 존중하기 때문에 덜 존중받을 수 있겠지만 거룩한 슬픔은 더 사랑하는 쪽의 편이다. 나는 너에게 매번 지면서 나라는 불가능을 이긴다.